妖怪托顧所

妖怪奉行所大騷動

7

廣嶋玲子・作　Minoru・繪
林宜和・譯

步步出版

人物
久藏
太鼓長屋房東的兒子
千彌
住在太鼓長屋
的青年按摩師
玉雪
兔子妖怪
梅吉
梅子小妖怪
彌助
千彌養育的孩子

登場
月夜王公
妖怪奉行所
東方地宮的所長
飛黑
妖怪奉行所
領頭的烏天
狗妖怪
津弓
月夜王公的甥兒
一彥
二吉
三太
恭捧月夜王公尾巴的三隻老鼠
四朗　一彥、二吉、三太的孩子
左京（弟）・右京（兄）
飛黑與萩乃的雙胞胎兒子

蘇芳
服侍初音的女僕
青蛙妖怪，
青兵衛的妻子
青兵衛
服侍初音的
青蛙妖怪
萩乃
飛黑的妻子，
初音的奶娘
初音
久藏的妻子，
華蛇族公主
王蜜公主
妖貓族公主

風丸
妖怪奉行所的獄卒
雀丸
妖怪奉行所的獄卒
桐風
妖怪奉行所的
巡查官
朱刻
公雞妖怪
玄空
妖怪奉行所的書庫管理員
時津
母雞妖怪

目次

妖怪托顧所

7

【妖怪奉行所大騷動】

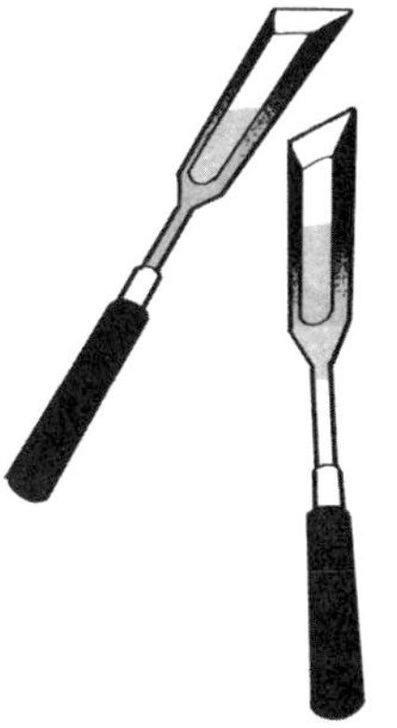

妖怪奉行所的
忙碌日常

●欲求者●

那個人微微笑著。她的嘴角勾起可愛的笑容，眼中蘊藏深深的情意。她就在那裡。

她的美，先是令人屏住呼吸，接著激起胸口強烈的悸動。

多麼完美的笑容啊！多麼迷人的眼神啊！

雖然明白，她不是對著自己微笑，心靈卻仍止不住顫抖。

於是……欲望油然而生。

我想要！我想要獨占她的笑容，想要擁有她的眼神……無論如何，我一定要得到！

欲望一旦開始滋長，就再也難以阻擋了。

1

右京和左京，來逛奉行所

妖怪奉行所[1]的守衛隊長烏天狗飛黑，每天早晨都會操練棍棒武術。無論颳風下雨或大雪紛飛，從不懈怠，日復一日的揮舞著鑲嵌黑鐵球的長棒，搧動巨大的翅膀，激烈的鍛鍊身體。

飛黑身旁永遠有兩名觀眾，就是他的雙胞胎兒子右京和左京。雙胞胎小兄弟長著人形的臉，身體也沒有羽毛，但是背上有一對小小的

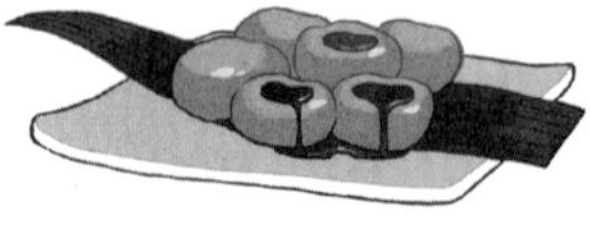

黑翅膀。他們不斷撲動自己的翅膀，希望有一天可以變得跟父親的巨翅一樣雄偉。

飛黑練完武功，就開始準備早飯。幫父親做家事，也是雙胞胎兄弟的日課。父子一起生火煮飯，調理味噌湯，和樂融融。

只是，小兄弟的母親萩乃，依舊不見蹤影。

「阿娘今天又不在家啊！」

「她會不會忘記我們長什麼樣子呢？」小兄弟寂寞的抱怨道。

萩乃原來是華蛇族初音公主的奶娘，經常得陪侍公主，偶爾才能回自己家。但是，現在公主已經長大，也嫁到人間，奶娘的任務大致完成，最近她和家人相處的時間也變多了。

不過，右京和左京才高興沒多久，初音公主就懷孕了。

「在公主平安生產以前，我得盡全力照顧她！」萩乃這麼說。所以最近她又三天兩頭跑去人間界，有時候乾脆就住在那裡。

這讓雙胞胎小兄弟有些失望，家裡沒有母親，畢竟很寂寞。

大概是不忍心看孩子們無聊，那天早上，飛黑靈機一動，說：「右京、左京，今天要不要跟我去奉行所看看？你們總有一天會長大，將來得承擔烏天狗一族的任務。爲了讓你們早點習慣，以後我就不時帶你們去奉行所見習吧？怎麼樣？」

「我去、我要去！」

「我也要隨阿爹去！」兩個孩子高興得跳起來。

「好，那你們趕快吃飯吧！」飛黑笑著說。

「是！」小兄弟精神抖擻，匆匆吃過早飯，就隨父親出發了。他

們飛去的地方，就是妖怪奉行所的東方地宮。

那裡每天無論晝夜，都有各種各樣的妖怪來求助。烏天狗一族分別擔任奉行所的守門、書記官、事務官、巡查官、伙夫和獄卒等職務，一代代相傳下去。飛黑現在是烏天狗一族的族長，也是月夜王公的左右手。

他們父子和許多烏天狗擦身而過，右京與左京興奮得東張西望，這是兄弟倆第一次到父親的職場。

左京忍不住好奇的問飛黑：「阿爹在這裡做什麼事呢？」

「什麼都做呀！像是驅除危害環境的獸類、追捕做壞事的妖怪、救助天災受困的家族、撲滅山林的火災、搜尋失蹤的小妖怪等等。總之，需要我做什麼就去做！」飛黑神氣的說。

就在這時候，月夜王公出現在走廊盡頭。

法力超強的大妖怪月夜王公，是妖怪奉行所的所長。只見他今天依舊戴著半個鮮紅色的鬼面具，將俊美的臉龐襯托得更加威嚴。他的身形修長，穿一襲深紅色的長袍，搭配白絹做的褶褲，背後垂下三條很長的尾巴，分別由三隻身穿相同衣服的白老鼠捧著。

月夜王公見到飛黑，出聲招呼：「飛黑，你在這裡啊！這是你的孩子嗎？」

「是的，他們是右京和左京。還不快向月夜王公行禮呀！」飛黑催促道。

「在下名叫右京。」「在下名叫左京。」雙胞胎兄弟立刻低頭鞠躬。

見他們懂禮貌，月夜王公似乎很滿意，完美的嘴角微微翹起來：
「哦，都是好孩子啊……對了，飛黑，你可以送他們去陪津弓嗎？」
「咦？去津弓少爺那裡？」飛黑嚇一跳。
「是，吾已經送了一個過去。不過津弓喜歡熱鬧，加上這兩個，他應該會更高興吧！」月夜王公說。
「真是……寵過了頭……不、我馬上送他們過去！」飛黑嘀咕一句，立刻改口答應。
「那就快去吧！對了，送完小孩，請你馬上回來見我。」月夜王公吩咐。
「遵命……！」飛黑似乎有點無奈，但也只好立刻帶孩子前往月夜王公居住的宮殿。

來到月夜王公寢殿深處的房間，飛黑便對著房門高聲喊道：「津弓少爺，我是飛黑，我要進去嘍！」說完，他就逕自推開門。

只見寬敞的房內鋪著榻榻米，零食和玩具散了一地。就在那堆東西中間，坐著一個小男孩。

那個男孩臉龐圓潤，皮膚白皙，長得很可愛。他看上去大約五到六歲，穿著澄黃色的衣裳，臉頰兩側各束一個小髮髻，頭頂突出兩根短短的小角，背後則拖著一條白色的小尾巴。

一看見飛黑進來，小男孩開心的笑了：「飛黑，早啊！咦，那兩個孩子是誰？」

「他們是我的兒子，叫做右京和左京。」飛黑介紹。

「哇，是雙胞胎？長得一模一樣啊！」津弓睜大眼睛，直盯著他們。右京和左京低下頭，恭謹的說：「有幸拜見津弓少爺。」「很高興能上門拜會。」

「哦，連聲音都分不出來！」津弓十分驚奇。

這時候，房間另一頭的屏風後面，探出一個面熟的臉孔，右京和左京一看，登時齊聲驚呼：「彌助！」

那個被稱做彌助的少年，雖然是個人類，卻在經營看顧小妖怪的妖怪托顧所，右京和左京也被他照看過。

「彌助，你怎麼會在這裡？」飛黑問。

「還不是忽然被月夜王公一把逮住，抓到這裡來的。誰知道他隨手把我扔在金魚缸上，害我全身都溼透了！所以，我才叫津弓去拿乾淨的衣服來換……喂，津弓，沒有別的了嗎？這套紅底繡金銀雙色大菊花的衣服，你是從哪裡找來的？」彌助抱怨道。
「那是我舅舅的衣服，他就喜歡美麗的花樣。」津弓說。
「沒有樸素一點的嗎……？」彌助無奈道。
「沒有啊！其他的都更豪華！」津弓又說。
「好啦，算了！」彌助只得穿上那套衣服，忸忸怩怩的從屏風後面走出來。
「這、這衣服跟你挺相配嘛！」飛黑忍俊不禁。
「看你一副快笑出來的樣子，眞窩囊啊……話說回來，你把孩子們帶來做什麼呢？」彌助問。
「月夜王公命令我帶他們來陪津弓少爺玩。」飛黑無奈的說。
「原來如此，月夜王公眞是把津弓寵上天了！」彌助搖頭。

「瞧瞧是誰在說話？你還不是被千彌疼到心坎裡了！」飛黑頂了回去。

「也是……我沒話說了！」彌助縮縮脖子。他的養親千彌，也是無可救藥的寵愛他。

另一邊，津弓聽到又多了玩伴，眼睛睜得好大：「飛黑的孩子們……要跟我玩嗎？哇，太高興了！請多指教。」

「我是右京，請多指教！」「我是左京，也請指教！」雙胞胎兄弟禮貌的行禮。津弓趕緊低頭回禮：「我是津弓，請你們指教！」

「這個……津弓少爺，你不必對他們這麼多禮呀！啊，我得走了。彌助，這三個孩子就拜託你了！」飛黑說完，就匆匆離開了。

津弓望著被留下來的右京和左京，喃喃自語：「真是一模一樣啊！

兩個一樣的臉排在一起，可眞有趣……我也想要個兄弟，那麼就算被關在房間裡，也不會寂寞了！」

見津弓有些失落，彌助趕緊故作開朗的問他：「對了，你這回爲什麼又被禁足啊？」

「前一陣子，我們不是遇見王蜜公主嗎？以前舅舅就跟我說過，王蜜公主作風我行我素，很危險，不能隨便接近她，也不能跟她說話。可是那時候，她變成一隻小貓，我認不出來呀！而且當時梅吉也在旁邊，我的膽子就大了！」津弓噘著嘴說。

「所以，你們三個一起溜出宮殿，一起去搗蛋，結果碰上貓鬼頭……嗯，難怪月夜王公會生氣啊！」彌助搖頭道。

「可、可是我已經反省啦！從那次以後，我都沒再跟梅吉玩。舅舅說他並不討厭梅吉，只是不喜歡梅吉跟我玩。你不覺得很狠心嗎？」

津弓鼓起臉說。

雙胞胎兄弟趕緊安慰道：「津弓少爺，不要想那些了！我們一起玩吧！」「我們想點好玩的事，就不會無聊了！」

「他們都這麼說了，你就振作一點吧！」彌助也哄他道。

「好、好！」津弓馬上恢復了笑容。

他們四個先是玩雙陸棋[2]，再玩扔繡球，接著又玩搶紙牌的遊戲，不亦樂乎。就在玩紙牌的時候，彌助忽然抬起頭說：「對了！我上次看見這裡的庭園是在夏天，那時候螢火蟲到處飛舞，非常美麗……好想看看這裡的春天是什麼樣子哪！津弓，我們可以去嗎？」

「好啊！我帶你去。右京和左京也一起去嗎？」津弓爽快的說。

「請讓我們參加。」雙胞胎恭敬的回答。於是，他們便走出房間，前往庭園。

廣闊的庭園充滿春天的氣息，雖然櫻花已經落盡，卻開滿各色各樣的菖蒲花，腳下的草地也是一片青翠碧綠。

「喲，這裡實在很棒呀！」彌助忍不住讚嘆。

「哇，好大一片哪！」右京叫道。

「池塘也好大呀！右京，你看，那裡有大鯉魚呢！」左京興奮的喊道。

「不對喔，那不是鯉魚，那是人魚。只要給他們魚餌，他們就會唱歌給你聽喔！」津弓得意的說。

「哇，太神奇了！」雙胞胎齊聲驚呼。

忽然，彌助蹲下身，高興的說：「哦，這裡有蓬草呢！這些幼苗都好嫩啊！」

「那不過是野草，有什麼好高興呢？」津弓覺得奇怪。

「咦，津弓沒吃過草餅嗎？」彌助驚訝的問。

只見津弓一臉茫然，雙胞胎兄弟也是一樣：「那是什麼呀？」「草餅是什麼呀？」

「右京跟左京也沒吃過嗎？草餅是把蓬草磨碎，跟糯米漿拌在一起做成的糯米糰子，又香又好吃。吃了草餅，就感覺春天來臨了！」彌助笑著解釋。

「我想吃草餅！」津弓叫道。

「右京也想吃！」「左京也想吃！」小妖怪們大呼小叫。

彌助搔搔鼻子，說：「這個嘛……我們得先揉糯米團啊！好吧，我想想哦……首先要收集蓬草，你們三個來幫忙吧！就像這樣，盡量找比較嫩的。」

小妖怪們歡呼叫好，一下就分頭散開了。他們撥開草叢，一心一意的尋找蓬草幼苗，最後順利採集到一大堆。

「太好了！接下來是搗糯米……津弓，廚房在哪裡啊？」彌助問。

「就在那裡！」津弓指了方向。於是，他們捧著那一堆蓬草，往廚房走去。

這裡的廚房好大，共有四個爐灶，旁邊羅列大大小小的陶甕和木桶。味噌、酒、醬油和醃菜等各種味道飄散在空氣中。

彌助不禁讚嘆：「哇，有這麼大的廚房，做飯一定很愉快！啊，那位阿姊，請教一下！」他叫住剛好經過的一名下女妖怪。

「是，有什麼事嗎？」女妖怪問。

「請問可不可以給我們一些糯米？還有，能借用一下煮飯的鍋子和搗米的杵臼嗎？我們想做草餅。」彌助禮貌的問。

女妖怪聽了，咯咯笑起來：「搗糯米很辛苦喲！你們不如用糯米粉去做。只要把蓬草剁碎，加進去一起揉，煮熟了就是好吃的草餅喔！」

「是嗎？那就省事了！我可以要一點糯米粉嗎？還有鍋子和研磨碗。」彌助高興的說。

「好的，我這就去拿！」女妖怪爽快的答應了。

得到材料和廚具後，彌助便捲起袖子吆喝道：「來吧！開始做草餅嘍！你們先把蓬草洗乾淨，再把上面的莖拔下來。要仔細挑揀喔！如果讓莖混進去，草餅就不順口了。我去那邊生火煮水。」

「是！」就在小妖怪們努力掰碎蓬草的時候，彌助已經把水煮開了。

「做好了！彌助，接下來要幹什麼呢？」小妖怪們大聲問。

「太好了，現在把水一點一點加進糯米粉當中，再用手搓揉，要揉到像耳垂那麼軟才行。你們會嗎？」彌助問。

「會！」「沒問題！」小妖怪們都興致勃勃。

「那好。我來把這些蓬草燙熟，去掉它們的苦味。」彌助說完，便開始煮蓬草。只見鍋子裡的蓬草逐漸變成翠綠色，氣味也更濃郁了，清香瀰漫整間廚房。

等到蓬草變軟，彌助就把它們撈起來，瀝掉水氣，再放進研磨碗。

「右京，你過來幫忙好嗎？」彌助喚道。

「是！」右京大聲回答，立刻飛了過來。彌助遞給他一根研磨棒，說：「你把這些蓬草磨碎，我幫你扶住碗。要是累了，我們倆就調換。」

「是！」右京乖巧答應。

「對，就是這樣，你眞行啊！」彌助稱讚道。他們把蓬草磨得又細又勻，接著就要加進津弓和左京揉的糯米團了。

只是彌助一看，卻驚訝得嘴都合不攏：「你們……把那一大堆糯米粉都用完了？我原來想說盛兩碗就夠啦！這樣一來，可要剩下好多了！」

「沒關係，我可以吃好多啊！」津弓說。

「我也吃！」左京附和。

「我也吃！」右京立刻接話。

「是嗎？反正蓬草也很多，或許這樣分量剛好吧！」彌助一邊苦笑，一邊將蓬草漿加進糯米團，不停的搓揉。只見原來雪白的糯米團，逐漸變成春草的顏色。

「好了！那麼，你們把這些糯米團捏成小丸子，正中間要凹下去一點，才容易熟。你們捏好的丸子，就交給我來煮。」彌助說。

接下來就很順暢了。小妖怪們將捏好的丸子一顆顆不斷遞給彌助，讓他分批煮熟。等煮熟的丸子一浮上來，就馬上撈起，放進盛著冷水的木盆裡。於是，無數的蓬草糯米糰子完成了！

大功告成後，剛才那位下女妖怪就端來四人份的小碗，還有砂糖、黃豆粉和黑糖漿等配料。他們分別把糰子放進自己的碗裡，再添加喜歡的配料。彌助加了紅豆餡，再淋上黑糖漿；津弓則是先淋黑糖漿，再撒黃豆粉；右京先加紅豆餡，再撒黃豆粉；而左京只加了白砂糖。

現做現煮的蓬草糯米糰子，真是好吃得不得了！不但口中嚼起來柔軟有勁，吞下喉嚨順滑爽口，又飽含著蓬草的芳香。再加上紅豆餡和黑糖漿等配料，更是難以形容的美妙滋味。

他們四個各自添了三碗，直到肚子快撐破了。雖然如此，還是剩下超過一半的糯米糰子。

津弓大聲說：「我想把這個送給舅舅！」

「那我也要送給阿爹吃！」右京立刻說。

「那我要帶回去給阿娘吃！」左京馬上接話。

「那麼，我也想帶一些回去給千哥。」彌助笑說。

於是，他們把要帶回家的糰子用竹葉打包，再將剩下的放進透明水晶碗裡，一起捧著前往妖怪奉行所。

「我們要怎麼去呢？津弓認得路嗎？」彌助問。

「沒問題！我叫鳥車送我們去。」津弓說完，就領著他們來到大門口，只見他說的鳥車已經在待命了。

彌助看得目瞪口呆。那是一輛裝飾華美的牛車，只是前面拖車的不是牛，而是一隻雪白的大鳥。那隻大鳥長得像燕子，身形卻奇大無比。

「這、這是什麼？」彌助吃驚的問。

「這叫做鳥車，要去舅舅那裡，乘這個最快了！快、快上去吧！」津弓催促道。

彌助和雙胞胎兄弟上了車，津弓就對白鳥下令：「我們要去舅舅的奉行所！」說完，他就把車子兩旁的竹簾放下來。

「爲什麼不拉開簾子呢？這樣我們在天空飛的時候，就看不到外頭的景色了！」彌助抱怨道。

津弓急忙說：「不行不行！千萬不能開！這白鳥飛起來快得不得了，要是不放下竹簾，我們都會被風颳出去，那樣彌助可就沒命了！」

津弓一副認眞的表情，令彌助打了個哆嗦。這時，只聽一聲尖銳的鳥鳴傳來。「啊，好像到了！」津弓說。

「咦，已經到了？」彌助嚇一大跳。

「就跟你說嘛，這白鳥快得要命啊！」津弓愉快的笑著，掀開竹簾。果然，他們已經降落在妖怪奉行所的中庭了。

放著還沒回神的彌助和雙胞胎兄弟，津弓自顧自跳下車，大聲呼喚：「舅舅！舅舅！」

只見眼前的門立刻打開，月夜王公出現了。跟在王公後頭的是飛黑，他看見自己的孩子，似乎有些吃驚：「右京、左京？你們怎麼來了？」

月夜王公飛奔進中庭，一把抱起津弓，問：「津弓，你怎麼了？為什麼來這裡？家裡發生什麼事嗎？」

「不是啦！我只是來給舅舅送糰子。」津弓笑道。

「糰子？」月夜王公不明所以。

「是的！我想要給舅舅嘗嘗看，這是我們一起做的喔！」津弓得意的說。

「津弓，你眞是個體貼的孩子啊！」看見寶貝甥兒給他端來的糰子，月夜王公實在太感動，三條長尾巴不自禁的搖擺起來。飛黑也笑逐顏開，接過兒子們送的糰子。

就這樣，月夜王公和飛黑，一起坐在外面廊簷下，吃著驚喜的糰子點心。

「舅舅，好吃嗎？」津弓問。

「好吃！吾從來沒吃過這麼美味的點心。對不對？飛黑！」月夜王公欣喜的說。

「是！好吃得舌頭都要捲起來呀！」飛黑笑著答道。津弓和雙胞胎兄弟被這麼稱讚，都笑得合不攏小嘴了！

這時，月夜王公忽然想起來，便問：「對了，飛黑，你爲什麼帶孩子們來奉行所呢？」

「是！因爲這兩個孩子，將來也得在奉行所工作。我想讓他們了解工作內容，以後會不時帶他們來這裡見習。」飛黑恭謹的說。

「哦，你可眞有遠見。那麼，吾也會交代其他同僚，以後多安排你的兒子參觀學習。」月夜王公點頭讚許。

一聽舅舅這麼說，津弓馬上喊道：「那我也要！我要跟右京左京一起，到奉行所各處見習！」

「好、好，那麼津弓也一起來吧！」月夜王公欣慰的點頭。

「謝謝舅舅！那麼彌助呢？你也一起來嗎？」津弓轉頭問。

「欸？我就免了！我要是三天兩頭來這裡，千哥一定會生氣。你們三個一齊努力吧！」

「說的也是。那麼我們自己努力吧！」於是，津弓和右京、左京，獲得了自由出入和在妖怪奉行所參觀見習的許可。

1 奉行所：江戶時代掌管行政和司法的官府，擁有很大的權力。

2 雙陸：又作「雙六」。為一種起源於印度的桌上遊戲，後經中國傳入日本，平安至江戶時期十分盛行。遊戲雙方各執十五枚棋子，以擲骰子的點數決定前進步數，先將全部棋子越過對方領地，並移出棋盤者獲勝。

2

夫妻前世是冤家

過了幾天，右京和左京再度到妖怪奉行所見習，不過這回只有兄弟倆，因爲他們的父親飛黑一早就出門了。

但是沒想到，這次再訪卻讓他們碰上了大事件。就在兄弟倆穿過大門的時候，身後忽然衝上來一隻好大的公雞，差點把他們踩扁。

「唉呀！眞對不住，請讓開點！」只見那匆匆道歉的大公雞，身形大得足以載一個成年人，頭上的雞冠又紅又亮，長長的尾羽美麗無比。只是不知爲什麼，他看起來非常害怕。

大公雞衝進奉行所內，直往守門的年輕烏天狗奔去，嘴裡大叫著：

「拜託，救救我呀！」

「朱刻，又是你呀？」烏天狗不耐煩的說：「看你這副德行，八成又是跟老婆吵架了？那就趕快向老婆道歉，求她原諒啊！不要老是來奉行所求救，我們可沒那閒工夫啊！」

「不、不行！這回是眞的不妙呀！我老婆完全失去理智了，拜託讓我躲一下嘛！對了，乾脆請你們把她關起來，等她頭腦冷靜點了，再放她出去啦！」大公雞哀求道。

「啥呀？你不要小題大作啦！」烏天狗還是不理會。

「我是眞的有生命危險啦！總之讓我躲一下，就算廁所也可以嘛！」大公雞嚷道。

「喂、喂！你不要進去呀！」烏天狗想阻止大公雞，卻被他一腳踢開，咚咚咚就往裡頭衝進去了。

「眞是個不中用的傢伙！不過，既然朱刻來了，一會兒時津應該就到了……嘖，我還是再去找五名守衛吧！」烏天狗咕噥著，這時才注意到一旁的雙胞胎兄弟。「哦，是飛黑老大的公子啊！你們好，我叫桐風。我聽上頭交代，要讓你們隨時進來，就請你們自己到處看看吧，不過，暫時不要靠近大門喔！」桐風叮囑道。

「爲什麼呢？」小兄弟好奇的問。

「因爲剛才進來的大公雞啦！」桐風指著大公雞跑進去的方向說：「那公雞叫做朱刻，是個不老實的傢伙，經常背著老婆去跟別的母鳥鬼混。他每次花心被老婆發現，就逃來奉行所避難。朱刻的老婆很恐怖，每次都追來這裡大鬧，要把她制伏可得花好大的力氣呀！」桐風強調，朱刻的老婆就快來了，最好離大門遠一點。

右京和左京聽了，覺得很奇怪：「既然每次都這樣，爲什麼朱刻不肯改邪歸正呢？」「眞是不可思議啊！」

桐風搖頭苦笑：「我也是這麼想啊！老實說，有個那麼可怕的老婆，怎麼還敢背叛她呢？說不定，朱刻反而是個厲害的角色呢！」

就在這時，天空忽然黑影罩頂，一隻巨大的母雞降下來了！那隻母雞大概有朱刻的五倍大，全身披滿漆黑光亮的羽毛，看起來氣勢十足。

只見巨大的母雞銳眼圓睜，對桐風大吼：「你剛才提到朱刻，他果然在這裡呀？這回我絕對不饒他！朱刻，你這個沒用的東西，給我出來！你不出來的話，我就要進去了！要是讓我逮到，看我怎麼修理你！」母雞的尖嘴噴出火焰，眼睛彷彿要燃燒起來。

這時，一群烏天狗守衛衝了出來。「時津，妳冷靜一下！」「妳以為這裡是哪裡？」

「喝！你們是一起來阻撓我的嗎？還不趕快把我家那個混蛋交出來！」母雞一點都不退讓。

「我們才不想管妳家閒事，可是這裡再怎麼樣也是堂堂妖怪奉行所，只要是上門來求保護的妖怪，我們都不能置之不理。妳先回家去，朱刻過一陣也就回去了！」一名守衛說。

「我才不要等他！你們讓開，讓開呀！」時津猛力往前衝，守衛們只好掄起棍棒拼命阻擋。

右京和左京看得好緊張，這時，忽然傳來一個天眞的聲音：「哇，是右京和左京！我來啦！你們在做什麼呀？」

說話的是津弓，只見他正笑嘻嘻的朝這邊跑過來。

烏天狗守衛們大驚失色，大叫：「津、津弓少爺！」「你不要過來，退後點呀！」

「咦，為什麼？」津弓不明所以，正要停住腳的時候，卻見時津以迅雷不及掩耳的速度，雙腳一蹬，振翅掠過那幾名守衛，張開巨嘴叼住津弓的衣領。

烏天狗守衛們一時反應不過來，只聽時津狠狠的說：「這孩子先寄放在我這兒，你們把朱刻交出來，我再放他回去！」

時津說完，就展開巨翅，捲起一陣風沙，忽忽飛走了！而她的嘴裡，叼著瞪圓了眼，嚇得叫不出聲的津弓……。

烏天狗們面面相覷，個個不由自主的發抖起來。

「喂，怎麼辦哪？」「這下可慘了！」

「幸好月夜王公今天不在……可是，要是被他知道了……」

「不只是朱刻和時津要遭殃，我們的小命也難保呀！」

「那不如乾脆把朱刻還給時津吧？」

「不行，那就違反奉行所的保護責任了！」

「什麼責任？津弓少爺的命比較重要啊！」

「不能這樣說……」

正當大人們七嘴八舌亂成一團的時候，雙胞胎兄弟反而冷靜下來。

右京小聲的對左京說：「我們跟蹤時津回去怎麼樣？」

「我也這麼想……等追上他們，我們就要求時津，讓我們代替津弓當她的人質，怎麼樣？」左京說。

「就這麼辦！」雙胞胎兄弟互相點個頭，便留下一群六神無主的大人，振翅飛出去了。

另一頭，津弓並沒有哭。他知道自己被抓來當人質，但是不知爲什麼卻不害怕。不如說，他對眼前這個巨大的母雞，有一種說不出的同情。

當時津在一片廣大的草原上降落後，津弓不禁問她：「妳爲什麼看起來這麼悲傷呢？」

「悲傷？」時津似乎嚇一跳，鬆開嘴放下津弓，說：「我怎麼會……悲傷？我是氣得半死啊！眞對不起，把你抓來當人質，但是無論如何，我一定要他們把我老公交出來呀……這次我絕對不饒他，我要把他的眼睛挖掉，讓他再也看不見別的母鳥！我還要把他雄偉的雞冠啄得只剩一點點，給他好看！」

時津說著，嘴裡噴出一股火焰，津弓見狀，不禁害怕起來：「不要說那麼可怕的話嘛！」

「我沒有要傷害你，只是想教訓我那個混蛋老公啊！」時津說。

津弓搖頭道：「那也不行，太可怕了！」

時津忍不住憐愛的說：「你好善良啊！你叫什麼名字？」

「我叫做津弓，妳呢？」津弓問。

「我叫做時津……」

「時津？那妳的丈夫是朱刻嗎？我知道他，就是給毛羽毛現公主當坐騎的公雞吧？」津弓說。

「咦，你居然知道我那沒出息的老公呀？」時津很驚奇。
「嗯，是梅吉告訴我的。他說有個一年到頭在外面跟母鳥鬼混的公雞。最近他跟白鷺淵的水鳥很要好，再之前是追著錦森林的黃鶯公主不放。」津弓說。
一聽到這番話，原來已經平靜下來的時津，又開始燃起怒火：「咦……是嗎？我只知道水鳥的事，沒想到他連錦森林的小鳥都要引誘，實在太可惡了！」
看見時津震怒的模樣，津弓才發覺自己說太多了！就在這時，右京和左京剛好趕到。
「津弓少爺！」「你沒事嗎？」他們大聲呼喊。
「哇，右京！左京！」津弓高興得揮手。

時津見狀，張開翅膀一把罩住津弓，說：「哎喲，好可愛的追兵啊！可是很抱歉，我暫時不能放這個少爺回去，無論如何，你們得先把我的老公交出來！」

「時津太太，那我們可以跟津弓交換嗎？」右京問。

「我們是烏天狗飛黑的兒子，應該有資格當人質吧？」左京說。

聽到雙胞胎兄弟的提議，津弓立刻搖頭：「不行！那樣飛黑一定會很擔心。何況我也不是人質，我只是聽了時津的話，正在安慰她呀！」

這話一出，其他三個都愣住了。

「安慰……？」

「是啊！時津有一肚子怨言，囤積在心裡很難過對不對？我聽彌助說，碰到那樣的人，就讓他把心裡的話說出來。只要有人當他的聽眾，他就會舒服多了。時津，我們來聽妳說好嗎？」津弓眞誠的說。

時津聽了，不禁輕聲嘆了口氣：「唉，我是有覺得輕鬆一點了！那麼少爺，就請你聽我說吧！那邊的兩個少爺，也請你們靠近一點。」

於是，時津開始把她對朱刻的不滿，一股腦傾吐出來。例如他們吵過什麼樣的架，爲什麼她要生氣等等。大概是積怨太多，時津一開口就講個沒完。

不只是津弓，雙胞胎兄弟也聽得目瞪口呆。右京忍不住插嘴問：「既然妳那麼討厭朱刻先生，爲什麼不跟他分手呢？」

「分、分手？」時津似乎有些吃驚，眼神游移不定：「不，沒那麼簡單呀！我不是沒想過，只是周圍的傢伙都很囉唆。母雞朋友們都說我老公長得很帥，要是跟他分開，我可就太笨了！」

「那跟他長什麼樣子沒關係呀！」右京說。

「是啊！妳自己的幸福最重要嘛！」左京說。

雙胞胎兄弟正你一言我一語，卻聽津弓插進來道：「不行啦！因爲時津很喜歡朱刻嘛！她會吃醋，是因爲還愛著老公呀！因爲愛他，所以不希望他偷看別的母鳥嘛！」

「少、少爺！」時津的聲音有點顫抖。

津弓伸出小手，輕輕撫摸時津發抖的嘴角：「朱刻讓時津這麼傷心，實在太過分了！妳明明這麼喜歡他，他眞是對不起妳呀！我這就去罵朱刻，叫他向妳賠罪！」

時津一句話都說不出來。

過了一會兒，妖怪奉行所的守衛終於追來了。映入他們眼簾的，是哭得稀里嘩啦的時津，以及三個在旁邊拼命安慰她的小妖怪。

那天夜裡，回到家的飛黑問兩個兒子：「你們今天都做了什麼事？」

「我們給一對夫妻勸架。」左京說。

「是嗎？那可真不簡單。你們有學到什麼嗎？」飛黑又問。

「學到『夫妻前世是冤家』這句話。」右京說。

正在換衣服的飛黑，一聽差點滑倒：「你們在哪裡學的呀？」

「奉行所的守衛都這麼說呀！對不對？左京！」

「是呀，右京！」兩兄弟笑成一團。

事實上，那對夫妻吵架是草草結束的。原來躲在角落發抖的朱刻，一聽說時津在哭，臉色立刻大變，衝出來叫道：「時津，是我錯了！我馬上就去找妳！」說完，他就頭也不回的飛走了。

回到奉行所的三個小妖怪，目送朱刻遠去，轉頭問烏天狗桐風：「他們以後會怎麼樣呢？」

桐風搖頭苦笑：「朱刻回到家，就會向時津懺悔，時津會罵他是傻瓜，說再也不要理他等等，跟他鬧一陣子彆扭吧！不過，他們最後還是會和好。這兩個傢伙，其實很相愛啦！」

「夫妻吵架就是那樣嗎？」小妖怪們不太明白。

「就是俗話說的，夫妻前世是冤家啦！不過，你們可真行啊！要安撫時津，可比什麼都棘手，就連月夜王公也很苦惱呢！以後他們要是再吵架，就拜託你們去解決吧！」桐風笑著稱讚道。

桐風這番話，一直留在右京和左京心上。這是他們第一次在奉行所立功，眞是比什麼都光榮。

不過，飛黑卻怎麼都想不通。「夫妻前世是冤家」這句話的意義，兒子們究竟是爲什麼會學到？他再三問兩個小兄弟，他們卻只是呵呵笑，誰都不肯回答。

3

藏書庫之謎

「阿爹，今天我們想去藏書庫見習。」

那天吃早飯的時候，聽到右京這麼說，飛黑高興得咧嘴笑起來：

「那太好了！奉行所的藏書庫可眞氣派，裡頭什麼書都有。像是繪卷[3]、圖錄[4]、書籍、武術指南……多得數不清。你們到了那裡，先向書庫管理員玄空打個招呼，請他給你們介紹。」

「是，知道了！」

「我也知道了！」

雙胞胎兄弟精神百倍的回答。

半個時辰後，兄弟倆已經站在奉行所的書庫管理員玄空面前，活力十足的自我介紹：「初次拜會請多指教，我們是飛黑的兒子右京和左京。」

「請問您是書庫管理員玄空阿伯嗎？請多多指導！」

玄空是個年紀很大的烏天狗，身形乾瘦，羽毛已褪成銀灰色，不過眼神充滿智慧，還蘊藏著年輕人般的好奇心。

看著可愛的雙胞胎兄弟，玄空和藹的說：「你們真有精神啊！特地來這裡，是想要我給你們介紹嗎？那麼，我先帶你們去參觀各種紀錄的保管庫，再去看用來讀書的勉學之間。然後，我想請你們幫點忙，可以嗎？」

「當然好！」「請吩咐！」小兄弟立刻回答。

「那麼先謝謝了！我聽說津弓少爺也要來，他還沒到嗎？」玄空又問。

話才說完，津弓就啪嗒啪嗒朝這邊跑過來了。三個小妖怪都到齊後，玄空便緩緩領著他們往前走。

藏書庫奇大無比，其中一半用來保管各種紀錄。跟天井一般高的書架，一排排陳列過去，放滿了無數線裝的冊子。冊子裡記錄所有妖怪奉行所辦過的案件，以及各種陳情的內容。

「紅色的冊子是各種案件的紀錄，藍色的冊子是妖怪們的陳情書。那邊的黃色冊子，則是記錄奉行所滅火隊出動的場所和日期。」玄空向他們說明。
「那麼綠色的冊子呢？」津弓問。
「津弓少爺，那裡頭記載各種法術、咒語，以及魔法道具的使用方式。妖怪奉行所的烏天狗不能不懂這些功夫，可是又不能隨便使用。所以，這些綠色的冊子無法對外出借，想學的話，就只得來勉學之間研讀。」玄空說完，就帶他們走到隔壁的勉學之間。
勉學之間和保管庫差不多大，也有好多書架，擺滿了各種書籍和卷軸。房間裡排列許多長桌，地上鋪著草編的坐墊。
「這裡是讀書求學問的地方嗎？」右京問。
「是的。最近獄卒風丸經常利用假日來這裡讀書。他原本是個悠哉的小夥子，現在卻整天拼命用功，聽說是想早點升官。看他那個樣子，大概是有中意的對象了！」玄空輕聲笑起來。

津弓聽了，睜大眼睛問道：「有了對象，就會改變嗎？」

「當然啦！為了可愛的姑娘，年輕人是什麼都會做的。呵呵，津弓少爺有一天也會懂的。」玄空瞇起眼說。

接著，他再帶三個小妖回到保管庫，說：「那麼，就請你們幫忙，把這些冊子全都翻一遍。如果有棉線斷了、紙張掉了，還是字跡不清楚的，就放進這個箱子裡。其他沒問題的冊子，就放回原來的書架上。」

「要從哪邊翻到哪邊呢？」左京問。

「這個嘛，總之把這邊到那邊的書架，全部都翻一遍。」玄空伸手比劃。

「哇，這是個大工程呀！」津弓不禁驚呼。

「是的，所以才要請你們幫忙啊！對了，冊子裡可能藏著啃書的蛀蟲和吃墨的墨蟲，你們要是發現了，就用筷子夾進這個書蟲專用的瓶子裡。那麼，請開始動手吧！」玄空說。

小妖怪們聽完玄空說明，就開始努力工作。雖然冊子堆得像山那麼高，但三個一起做，倒也挺有效率。事實上，有損傷的書是很少的。

可是，當他們開工沒多久，津弓忽然小聲驚叫：「哇！」

「津弓少爺，怎麼了？」左京問。

「可、可怕的蟲……！」津弓遞出一本很厚的冊子，只見在展開的紙頁上，有一隻像蚯蚓般的深藍色小蟲，正一心一意的舔著書上的墨。被牠舔過的字，就變得比其他的字跡還要淡薄。

「這、這就是所謂的墨蟲吧？」右京說。

「是，一定是的！」津弓點頭。

「筷子！右京，筷子在哪裡？」左京急忙道。

「在這裡！津弓少爺，你用筷子把蟲夾起來丟掉吧！」右京遞出筷子說。

「不要，我才不要！右京，你來夾！左京也可以！」津弓哇哇大叫。最後還是左京夾起墨蟲，扔進關書蟲的瓶子裡。

然後，他們繼續工作。不一會兒，津弓又叫起來：「咦？這本書怎麼零零落落，是棉線鬆掉了嗎？唉呀，這裡缺了好幾頁啊！」

果然如津弓所說，那本冊子當中，有四到五頁被割掉了，大概是被誰拿走的。

三個小妖怪面面相覷，看著那冊子，不知如何是好。那是一本綠色封面的冊子，也就是記載法術和咒語的書，應該是禁止外借的，沒想到會被破壞成這樣。

不只如此，他們又發現另一本被割開的冊子。那本是紅色封面，也就是過去發生的案件紀錄，裡頭竟然有二十幾頁都不見了！

小妖怪們你看我、我看你，七嘴八舌道：「這個……是同一個傢伙幹的吧？」「應該是吧！你們看，他割書的手法是一樣的。」「可是，究竟是誰幹的呢？爲什麼他只割開這兩本呢？其他還有好多冊子呀！」

「這本紅冊子看起來很舊啊！你們聞聞，書上的紙和墨都發出霉味了！」左京說。

津弓聽了，忽然想起什麼，大聲說：「說不定……是舅舅的白老鼠幹的！」

原來，捧著月夜王公三條尾巴的三隻白老鼠，是王公用紙召喚出來的式神[5]。然而在經年累月下，他們逐漸生出魂魄和意欲，開始想要有自己的後代。於是，月夜王公用小石頭做了一隻小老鼠給他們。三隻白老鼠當了爹，爲孩子取名叫四朗，全心全意的疼愛。

關於那三隻老鼠的事，右京和左京只聽過這些。他們問津弓：「爲什麼你會認爲是三隻老鼠幹的呢？」

「我聽舅舅說過，那三隻老鼠是用紙做出來的，所以喜歡睡在紙上，尤其是染著墨香的老舊紙張。舅舅曾經送他們棉被，卻被他們退還了。」津弓答道。右京和左京聽了，不禁也懷疑起那三隻老鼠來。

如果犯人是那三隻老鼠，那他們要半夜溜進這個藏書庫，可是比什麼都簡單。這些缺頁的冊子，也真的有點像是老鼠啃過的痕跡。

「怎麼辦？我們去跟玄空阿伯報告吧！」左京說。

「不、不行……！那三隻老鼠是舅舅的隨從，如果他們犯罪，會丟我舅舅的臉。我們應該先調查，究竟是不是老鼠們幹的。對了！不如我們一起來抓小偷，等抓到犯人，再向舅舅和玄空報告，這樣不是立大功嗎？」津弓興奮的說。

聽了津弓的提議，雙胞胎兄弟立刻贊同：「好，就這麼辦！」「我們一起追查吧！」

於是，他們三個裝作若無其事的去向玄空報告：「所有的書架都翻一遍了！」玄空聽了好高興，端出麥芽糖獎勵他們。

吃完了糖，三個小妖怪走出書庫，一邊交頭接耳：「那三隻老鼠，是住在月夜王公的宮殿嗎？」

「是，他們就住在天井裡。我想他們現在暫時不會回宮殿，可以趁機過去查探，看看那些紙是不是被他們拿走了。」津弓說。

於是，他們立刻前往月夜王公的宮殿，沿著屋梁爬到天井裡頭。

就在屋頂和天井的隔板中間，有好幾個像西瓜般的紙球。那幾個紙球都很堅硬，即使用手戳也戳不破。

見雙胞胎兄弟一臉困惑，津弓小聲說：「這一定是老鼠們的窩。你們看，它們全都是用碎紙糊的，還留著入口的洞呢！」

兄弟倆仔細一看，果然每個窩上頭都有個圓形的洞，看起來就像老鼠的出入口。不但如此，這些窩用的紙片都很舊，上頭也有許多字跡。顯然老鼠們不知道從哪裡蒐集到很多紙張，再咬成碎片，做成這些老鼠窩。

三個小妖怪分頭檢視那些老鼠窩，看是不是用了冊子裡的紙。可是，因爲那些紙片都太細碎，上頭的字也看不清了，要分辨很不容易。這樣找不會有結果呀！右京正想開口，忽然聽到津弓小聲叫了起來。

「咦，你發現證據了嗎？」右京問。

「不、不是，你們快來看呀！」津弓興奮的指著其中一個窩。

右京和左京輪流從窩上的洞往裡頭窺探，兄弟倆都嚇了一跳。原來，窩裡有一隻很小很小的老鼠。那隻小老鼠只有津弓的指頭那般大，全身長著蓬鬆的白毛，用一塊紅色布巾裹著，正睡得好香好甜呢！

小妖怪們忍不住讚嘆：「這一定就是四朗吧！」「一定是……好可愛呀！」「眞的，太可愛了！」

他們輪流往洞裡看，這時，忽然聽到一聲尖銳的大叫：「你們是誰？」「想幹什麼！」只見三個白色小石頭般的東西，一齊衝到紙球上。他們的動作太快，把三個小妖嚇得往後一栽。

原來是三隻老鼠回來了！他們分別叫一彥、二吉和三太，因爲是用紙召喚出來的式神，平常都沒什麼表情，可是，現在他們卻一反常態，全身毛髮倒豎，眼睛彷彿要噴火，小小的身體似乎漲大好幾倍。津弓見狀，嚇得差點要尿褲子。

不過，三隻老鼠隨即發覺是津弓，眼神馬上恢復溫和：「是……津弓少爺啊？失禮了！我們還以爲有惡人要擄走四朗呢！」「您怎麼會來這裡呢？」「莫非是來看我們的四朗嗎？」

「啊？嗯……四朗長得好可愛呀！」津弓嚥下一口氣，才說。

聽到孩子被稱讚，老鼠們的臉都亮起來了：「四朗是個好孩子喔！」「他眞是可愛呀！」

他們你一言我一語，講個沒完。這時候，右京插嘴道：「趁你們不在的時候，唐突造次，眞是萬分失禮。我們是烏天狗一族的右京和左京，請問……這些是你們自己做的窩嗎？」

「沒錯，是我們一起建造的。」三隻老鼠得意的點頭：「我們向主人討不用的紙，積少成多，一點一點糊起來的。」

「你們……只用了月夜王公不要的紙嗎？都沒有用其他的紙嗎？」右京努力裝出平常的語氣，可是，敏感的老鼠們馬上察覺他別有用心：「你們不是眞的來看四朗吧？」「你們究竟想知道什麼呢？」

「請告訴我們實話！」

在三隻老鼠逼問之下，小妖們只得吞吞吐吐的說出實情。三隻老鼠聽完，表情變得十分悲傷。一彥說：「這就是……你們的目的嗎？你們以爲我們偷紙，所以才來這裡調查嗎？這未免太過分了……」

「我們雖然是隨手做出來的妖怪，可是，我們絕對不會做沒道義的事。」「你們要是這麼看輕我們，可就太傷心了！」老鼠們看著小妖怪，靜靜的掉淚。他們的眼淚就像利刃一般，刺穿三個小妖怪的心。

「對不起！」「太慚愧了！」「請原諒我們！」三個小妖好不容易擠出聲音道歉，接著就匆匆落荒而逃。

他們逃回津弓的房間，三個小傢伙既慚愧又害怕，臉色都是一片鐵青：「唉，實在太丟臉了！」「我們眞對不起人家呀！」「怎麼辦？老鼠們會原諒我們嗎？」他們知道自己的行爲傷害了老鼠們的自尊，因此心裡十分難受。

但是，一直躲在房間也不是辦法。三個小妖決定，他們一定要抓到偷紙的眞兇，再正式向老鼠們賠罪。不過，接下來該怎麼辦呢？他們湊在一起絞盡腦汁商量，最後，終於想出一個計策。

那天晚上，右京和左京悄悄離開家裡。他們的父親飛黑剛好值夜班不在家，兄弟倆很容易就溜出去了。

他們飛到奉行所，降落在藏書庫的屋頂上。兩個小小身影順利躲過了巡邏守衛的監視，藏身沒多久，津弓就出現了。

津弓當晚留宿在奉行所。因爲他吵著要待在舅舅身邊，月夜王公拗不過他，只好答應了。等約定的時刻一到，津弓就溜出舅舅的房間，和雙胞胎兄弟會合。

雙胞胎一見到他，立刻飛下來，抓著津弓的雙臂飛回屋頂。

津弓手裡握著一個小瓶子，那是他從舅舅房間偷出來的神水。只要滴一滴在屋頂上，再怎麼厚實的屋瓦也會變得軟綿綿的。三個小妖互相交換眼色，接著就像跳進池塘般，一齊躍入屋頂。

隨著周圍泛起一圈圈小漣漪，三個身影被屋頂吸了進去，一瞬間就穿透而過。

小妖們降落的地點是藏書庫的最裡邊，附近有座書架上層正好空著，他們就爬進去躲藏。屏住氣等了一會兒，都不見有誰進來，津弓這才呼出一口氣，說：「應該沒事了！好像沒人發現我們。」

「是啊！」「那個神水的效力好強啊！」「嗯！穿透屋頂的時候真好玩！」三個你一言我一語，興奮不已。

他們猜想小偷說不定會再犯，而且一定是在晚上。所以，他們就計畫躲在書庫裡監視，等到小偷出現，再一齊衝出去制伏他。

「埋伏逮捕犯人，好像真的官兵捉強盜啊！」「好緊張呀！」三個小妖一邊細聲交談，一邊啃著帶來的烤麻糬，全神貫注的等待。

可是，什麼都沒發生。

他們漸漸不耐煩，也開始想睡了。因為挨著身子擠在一塊，互相取暖，睡意就更濃了。

就在他們打瞌睡的時候，忽然，左京感覺到空氣微微流動。那是一股風，隨著風吹進來，好像有什麼東西也出現了。

來了！左京睡意全消，馬上搖醒兩個同伴。

「啥？什麼呀？」「噓，好像有誰進來了！」左京說。津弓和右京一聽，立刻睜大眼睛。他們屏住氣息，悄悄窺探滑進藏書庫的身影。

沒錯，那個影子就站在書架前面。先是傳來一陣翻紙的聲音，再來是把書抽出來又放回去的聲音，那個影子好像在查閱什麼。

三個小妖開始行動了！他們悄悄往那書架前進，只見眼前出現一個白色人影。互比一個手勢後，他們就一齊俯衝下去，奮力抓住那個被驚嚇的人影。

「停、停住！」「不要動！」「投降吧！」

聽到小妖們大呼小叫，被抓住的對象似乎鬆了一口氣，說：

「是……津弓嗎？」

「咦？欸？是舅舅！」津弓驚呼。

下一刻，四周燈火通明。不只是津弓，右京和左京也吃驚得說不出話。原來他們抓到的不是別人，正是月夜王公本尊。

月夜王公先是愣了一下，接著很快恢復鎮靜，沉聲道：「津弓，你在這裡幹什麼？還有，那邊的兩兄弟，你們不是飛黑的孩子嗎？飛黑知道你們在這裡嗎？」

三個小妖一時答不出來，低頭不語。可是，誰都無法在月夜王公面前隱瞞，最後他們還是全盤招供了。月夜王公聽完，氣得瞪起眼睛，罵道：「傻瓜！竟然計畫這麼危險的事，到底有沒有腦筋啊？」

「舅舅，對不起啦！」「請原諒我們！」「懇請原諒！」三個小妖一邊哭一邊解釋，他們只是想爲奉行所效力。

「眞是拿你們沒轍！那個什麼冊子的，拿來給吾看看！」月夜王公皺眉說。

「是、是！」他們趕緊把兩本冊子找出來。月夜王公看了一下，苦笑道：「的確是這兩本沒錯。吾接到報告，說獄卒風丸不小心潑到水，扯落了溼掉的幾頁，可是上頭的字跡已經模糊不清。現在風丸正負責抄寫，抄到新的紙上再補回去。」

「那、那麼……」

「所以說，根本沒有什麼小偷啦！你們要是一開始就向玄空報告，也就不必這樣小題大作了！」月夜王公斥道。

三個小妖都是一副懊悔的表情，垂著頭不敢作聲。

但是，月夜王公可不饒過他們：「津弓，你暫時不准再出宮殿，關在家好好反省！雙胞胎兄弟，你們暫時不准再來找津弓……今晚的事，吾會全部向飛黑如實說明，知道了嗎？」

「是，遵命！」小妖們躬身回答。

「好了，你們趕快回去，不准再熬夜了！」月夜王公催促道。

離開藏書庫之前，津弓忍不住問：「舅、舅舅，您爲什麼三更半夜來書庫啊？」

「哦……吾是在找做點心的書呀！上回你做的蓬草糯米糰子非常好吃，吾也想做點什麼回請你啊！」月夜王公似乎不太好意思。

聽到這話，右京和左京忽然抬起頭，兄弟倆腦中浮現同樣的主意：

「月夜王公，我們可以拜託一件事嗎？」

「只要一天，不，半天就好，請您允許津弓少爺外出一次好嗎？」

「拜託，求求您！」

津弓似乎發覺雙胞胎兄弟的心思，便也開始向舅舅求情。最後，月夜王公受不了他們拼命懇求，終於點頭說：「好吧！」

子。

第二天中午時分，三隻老鼠的家裡，收到了好大一堆蓬草糯米糰

3 繪卷：用連續的長篇幅繪畫，敘述一個故事的內容，有如現代的連環畫。
4 圖錄：以圖畫爲主，並輔以文字說明的實用性書籍，類似現代的圖鑑。
5 式神：在日本陰陽道中，透過紙、木器、玉器召喚出的靈體，可供召喚者差遣。

4

假日的大騷動

這天早上，飛黑像平常一樣醒來，還沒離開被窩，臉上就忍不住浮出微笑。

今天是難得的休假日，他打算好好陪孩子們玩。對了！可以帶他們去千珠河岸，那裡有許多發光的石頭，雙胞胎小兄弟最喜歡撿那些石頭了。烏天狗天生就喜歡發光的東西呢！

就在飛黑暗自盤算的時候，床頭的銀鈴忽然「鏘鏘鏘！」猛烈搖動起來。伴隨著震耳的鈴響，有個聲音開始說話：「假日特別傳令！請火速前往黑牙山的釣鐘淵，黑牙山的釣鐘淵！」

這時，睡在飛黑身旁的雙胞胎也被鈴聲吵醒了：「阿爹……早安！」「早安……是什麼聲音呀？」

「是奉行所的緊急呼叫鈴，我得馬上趕過去才行……真抱歉哪！今天我本來是想陪你們玩的。」

「沒關係……但是，我們可以跟您去看看嗎？」右京問。

「好吧！不過要是碰上危險的情況，你們得馬上回家喔！」飛黑有點不放心。

「是！」「遵命！」小兄弟精神都來了。於是，他們父子趕緊整裝出門，往黑牙山的釣鐘淵飛去。

釣鐘淵是一個在深山裡的大水潭，水色青黑，平靜無波。到了那裡，只見水潭前面已經聚集了好幾個烏天狗，圍著一隻巨大的兔子。那隻兔子差不多有一塊榻榻米那麼大，毛色像雪一樣白。

飛黑一邊拍著翅膀下降，一邊瞇起眼睛細看：「哈哈，那是玉雪啦！她經常出入彌助的家。可是，為什麼她會在這裡呢？」

正疑惑間，父子三個已經降落在水潭前。

「飛黑老大假日還被召回，真是辛苦了！」烏天狗差役說。

「沒關係，究竟發生什麼事？」飛黑問。

「這位玉雪小姐堅持要奉行所來幫忙。」烏天狗差役答道。

「哦？」飛黑疑惑的望向玉雪。被他這麼一盯，巨大的白兔似乎不太好意思：「我只是幫忙傳話。想要拜託你們的，是這個水潭的主人。」

「水潭的主人？」

「是的，釣鐘淵的主人每隔一百年，就得把舊的殼脫掉，只是這回他卻碰上麻煩了！」玉雪解釋道，因爲泥土和砂石淤積太厚，像岩石般覆蓋在整個殼上：「他沒辦法自己把殼脫掉，只好拜託烏天狗出動，希望你們在他的背上敲開裂縫，讓他順利脫殼。」

飛黑聽完，抱著胳膊說：「這個嘛……可是大工程啊！」

其他烏天狗也點頭道：「我們得找更多人手啊！」「對了，把住在這附近的妖怪都召集起來吧！還有，我們還需要雷水晶鑿子。」「我也這麼想，已經叫風丸回去拿了！」

「很好！那麼，在風丸回來以前，我們先看看這裡的主人。玉雪，請妳去叫他出來。」飛黑說。

「是！」玉雪點頭，接著就朝向水潭，發出吟唱般的聲音。

下一刻，平靜的水面浮起漣漪，漣漪一圈圈擴大，冒出許多泡沫，很快的，有個東西從水底浮上來了。

只見水面像小山般整個隆起，水花四處飛濺，接著出現一個全身布滿岩石和藻類的龐然大物。

「那、那是什麼？」「是山？還是岩石？」雙胞胎兄弟看得目瞪口呆。

「這就是釣鐘淵的主人，大蟹妖怪！」飛黑說。

可是，他們絲毫看不出那是一隻螃蟹。他足足有一座小山那麼大，全身被岩塊包得緊緊的。大概是身體太重，大蟹要往淺灘移動，看起來都很辛苦。

玉雪跑到大蟹身邊，耳朵貼在他身上，聽了一會，才轉身對飛黑他們說：「大蟹說他很抱歉，拜託大家快點行動。他說他的身體卡在老殼當中，已經快爆開了！」

「可以想見他很難受啊！風丸還沒回來嗎？」飛黑焦急的問。

「還沒有。不過，附近的妖怪們都來幫忙了！」一個烏天狗說。果然，不知何時川獺、水蛇一族與河童家族等妖怪都到齊了。他們見到像山一般的大蟹，個個都瞪圓了眼睛。

飛黑朗聲說道：「謝謝大家來幫忙！一會兒鑿子就送來，請大家先把大蟹身上的藻類和水草拿掉，岩塊和沙石有比較脆的，就用手剝掉。還有，請水蛇一族給大蟹的身體噴水！」

「遵命！」妖怪們分頭開始行動，有的拔起溼黏的水草，有的扒開結塊的泥土，爪子比較尖銳的就找岩塊縫隙挖進去。水蛇們拼命吐水，讓大蟹的身體保持溼潤。

右京和左京也很努力，他們把眼前的水草拔掉，再用手去挖比較鬆軟的地方。才沒多久，兄弟倆就全身溼透，手上也沾滿了泥土。

可是，大蟹身上的淤泥實在太厚了！妖怪們議論紛紛：「這可怎麼辦？再怎麼挖，也看不見蟹殼哪！」「爲什麼他身上堆這麼多泥巴呢？」「大概是在潭底睡了五十年懶覺！」「好長的一覺啊！八成是作了什麼美夢吧！」「鐵定是！」

大家七嘴八舌消遣大蟹，不過都很認眞的工作。因爲他們知道，沒有主人的地方是會衰敗的。泉的主人死了，水就會乾涸；河的主人死了，水就會混濁；山的主人死了，林木就會枯萎；海的主人死了，海水就會淤積。這是妖怪們的常識，所以他們都盡力幫忙，沒有一個半途而廢。

就在這時，忽然有誰大叫：「風丸回來了！」只見一個矮胖的烏天狗，手裡抱著好大的木箱，正往水潭這邊飛下來。

「風丸，你終於趕上了！」飛黑說。

「飛黑老大，抱歉來遲了！」風丸氣喘吁吁的說。

「你把鑿子都帶來了嗎？」飛黑問他。

「是，我跟管武具庫的阿碧解釋了原委，就把所有可以用的鑿子都帶來了！」風丸說著，便打開大木箱。只見箱中擺著一列長柄鑿子，約有三十來支，利刃尖端都像水晶般透明，隱隱發出閃電般的金色光芒。

飛黑說：「這些是雷水晶做的鑿子，鋒利無比，你們一定要小心使用。那麼，請大家開始把岩塊打碎，千萬要注意別傷到大蟹的甲殼喔！」

「遵命！」「看我的！」妖怪們都躍躍欲試。右京和左京也分到一支鑿子，他們就輪流使用。那鑿子的確非常鋒利，原來怎麼都打不破的岩塊，只要用鑿子敲下去，馬上便出現裂痕，接著就碎開了。

因爲鑿子發揮神力，妖怪們工作如虎添翼。終於，大蟹的甲殼出現了。只見那個殼是和水潭一樣的青灰色，上頭遍布星星般的白色斑點。

最後，大蟹的兩隻螯伸出來，背上的甲殼全部顯露，其他的腳也能活動了。等到腹部被清理乾淨，大蟹就緩緩站了起來。

玉雪見狀，立刻跑過去聽大蟹說什麼，然後轉告大家：「謝謝各位，他說這樣已經夠了！他現在要開始脫殼了，拜託大家退後一點！」

妖怪們聽了，馬上紛紛退避。右京和左京也飛到附近的杉樹上，躲在枝椏間觀看。

只見大蟹奮力走向淺灘，劈哩、啪啦，甲殼的關節處開始龜裂，發出清脆的聲響。接著，腹部三角形的地方也裂開了，裂痕不斷延伸，大蟹新的身體就從當中慢慢抽了出來。他不停的脫下舊殼，生出新殼，彷彿嬰兒出生一般。大概是因為很費力，大蟹有時候會停下來休息，過一會再繼續。旁觀者都清楚感受到，他是搏命在脫殼。右京和左京忍不住捏緊拳頭，大聲爲大蟹加油。

終於，大蟹的半個身體脫完殼，緊接著，另一半身體也瞬間掙脫出來了！

「萬歲！」所有妖怪忍不住齊聲歡呼。只見新生的大蟹身體白得發光，看起來聖潔無瑕。

大蟹對妖怪們揮揮大螯，接著立刻滑向水潭深處。青黑色的潭水急速湧上，頃刻間那白色的身影就不見了。

「太好了！終於成功了！」「他怎麼那麼急？跟我們道個謝再回去也不遲呀！」妖怪們你一言我一語。

「不、不是的。他必須馬上回去水裡，因爲剛脫完皮，身體又刺又痛，我們水蛇最了解了！」

「唉呀，總之沒事就好！」「那麼飛黑老大，我們這就告辭了！」妖怪們說。

「非常感謝各位，你們眞是幫了大忙！對了，回去前請不要忘記把鑿子還來。」飛黑大聲說。於是，妖怪們就紛紛回家了。

當所有的鑿子都復歸原位之後，飛黑問兒子們：「你們兩個累了嗎？」

「不會，阿爹，我們幫得很愉快！」「可是，肚子也餓了！」小兄弟回答。

飛黑慈愛的說：「那麼……我現在得回去奉行所報告，你們也一起來吧！請那裡的廚房煮點東西，看你們全身都溼了，就吃個熱呼呼的蕎麥麵吧！」

「哇，蕎麥麵！」「我最喜歡蕎麥麵了！」小兄弟舉手歡呼。

於是，飛黑父子就動身返回奉行所。雖然他們的羽毛都溼了，飛得很辛苦，不過想到可以吃蕎麥麵，就生出力氣來了。

然而，他們一回到奉行所，卻發現上下亂成一團。

「這是怎麼回事？」飛黑大吃一驚。

只見守衛和僕役們一邊大聲呼喊，一邊跑來跑去，有的還抱著書卷和各種用品，彷彿發生火災一般。

飛黑隨手抓住一個僕役，問：「你們到底在幹什麼？發生什麼事？」

「唉呀！飛黑老大，是、是因爲奉行所生出好多腐敗蟲啦！」

「呃！怎麼會？」飛黑一聽，脖子上的羽毛都豎起來了。

腐敗蟲是長得像鼻涕蟲的赭紅色軟體動物，可是它們一旦孵化，很快就會變成有小孩胳膊那麼粗的成蟲，而且還會迅速爬行，身體上的黏液更是惡臭無比。

「腐敗蟲的卵，是從哪裡跑出來的？」飛黑嚷道。

「不知道呀！我們發現的時候，已經到處都是了！現在大家分頭在抓蟲，我也要先告退了！菜刀和砧板得趕快拿到安全的地方，不然被臭蟲的黏液沾上，可就沒法再用了！」那個僕役說完，就匆匆跑了。

「這腐敗蟲可又是個大難題啊……總之，我們也加入殺蟲隊吧！」飛黑向兒子們吆喝。

「是，遵命！」父子三個灰著臉，趕緊加入殺蟲隊伍，誰也顧不得蕎麥麵了。

無論是天井裡、廊簷下、橫梁上還是書架當中，都有腐敗蟲在蠢動。大家循著黏液的臭味追過去，一發現有蟲，就用帶刺的捕蟲網逮住。然而在網袋裡掙扎的腐敗蟲又噴出許多汁液，簡直臭氣沖天，令人作嘔。

右京和左京被臭蟲熏得頭昏腦脹，不過還是努力抓到三隻，扔進大陶甕裡。最後，大家合力把整個大甕燒掉。等到腐敗蟲完全被消滅，天色已經快黑了。

他們叫來鼻子很靈的犬妖怪，在奉行所內嗅了一圈，確定腐敗蟲已經一隻都不剩，大夥兒才一齊鬆懈下來，哀嘆這真是天降大禍啊！

不過，工作完畢之後，廚房師傅給大家做熱呼呼的天婦羅蕎麥麵，滋養了疲倦的身心，可真是無上美味。

不僅如此，右京和左京還收到更大的驚喜。兩天之後，有一個女妖怪到飛黑家拜訪，他正好不在，就由雙胞胎兄弟接待。

那個女妖看起來很溫柔，穿著黑底鑲白色和紫色藤花紋樣的和服，束著高雅的銀灰色腰帶，後腦勺掛著一個黑色的兔子面具。

雙胞胎兄弟偏著頭，不知道她是誰。只見女妖微笑著說：「前幾天在釣鐘淵讓你們幫了大忙，那裡的主人終於成功脫殼，他非常高興呢！」

「是、是那個聲音！」「是玉雪姊嗎？」兄弟倆嚇一跳。

「是的，我就是玉雪。」玉雪拿出她帶來的竹籠，遞給吃驚的兄弟倆，裡頭是好多新鮮的鯰魚：「這些是大蟹給你們的謝禮，他託我送給所有幫他脫殼的妖怪。還有，烏天狗小弟大概會喜歡這個？」

玉雪說完，又拿出一個布袋，把裡頭的東西倒出來。

「哇！」雙胞胎兄弟齊聲歡呼。只見從布袋裡滾出來的，是許多美麗的珠子。有金茶色、紅色、藍色、黑色、白色、綠色……每一個都有小兄弟的眼珠那般大，散落一地，閃耀著氤氳的水光。

「這個叫做泡珠，釣鐘淵的主人只要作夢，他的夢就會變成泡泡吐出來，然後在水中化成珠子。我曾經聽說，烏天狗小弟喜歡亮晶晶的東西？這些是我今天向大蟹要的。」玉雪說。

「哇！我喜歡、好喜歡喔！」「太棒了！」右京和左京好開心。

「太好了，就請你們收下吧！啊，我該走了，那麼容我告辭。」

玉雪回去以後，雙胞胎兄弟眼睛發直的看著滿地閃閃發光的珠子，一刻也捨不得轉開。

最後，左京終於開口：

「右京，你看這些珠子，是不是也分幾個給津弓少爺呢？」

「我也正在想呢！對了，我們可以寫封信，告訴津弓少爺釣鐘淵主人的事，他一定會更高興吧！」右京說。

「是呀，那麼我們來寫吧！」左京說。於是，他們拿出紙筆，開始寫信。

●墮落者●

他內心狂喜，忍不住顫抖起來。

這個計畫一直按部就班進行，因爲太順利了，反而令他不安。

要實現這個計畫，有幾個必要條件：取出目標物的方法和機會，以及隱藏的地方。

最先解決的，是隱藏的地方。接下來便是要思考如何把東西搬出來。他知道用雷水晶可以做到，但是那東西鎖在倉庫裡，不能隨便拿到手。

所以，今天撞上釣鐘淵主人脫殼的事件，雷水晶得以被取出倉庫，對他而言實在太幸運了！他很輕易便偷藏了一支。

再來就是腐敗蟲肆虐之亂，可又是個大好時機。就在奉行所上下都為了殺蟲，忙得昏天黑地的同時，他獨自悄悄離開現場，往那個地方奔去。

他在那裡把想要的東西用雷水晶鑿開，劈成剛好可以搬得動的大小。接著再用浸了油的布，把那東西緊緊裹住，抱在懷裡溜出去。外頭到處都是抱著東西避難的妖怪，他的舉動一點都不顯眼。於是，他順利背著那個東西，飛到安全的地方藏起來。

到了藏身之處，他把油布掀開，眼前出現一個藍色的透明大冰塊。然而，那不只是個冰塊。在它之中，封印著一個美麗得無法形容的東西。

他忍不住往冰塊中窺視，深深凝望著那個絕美之物的笑容。那微笑實在太完美了，只要看一眼，他的心就開始發燙。

他知道，那個笑容不是給他看的，但是，再過不久就會屬於他。只要把冰塊打碎，放她自由，她一定會對自己微笑。

「我來……幫助妳了！」他嘶啞的說著，舉起鑿子，往冰塊刺去。

就在這瞬間，他的手不由自主的發抖起來。他知道，一旦劈開冰塊，就再也無法回頭了！

可是，那又怎麼樣呢？他已經打破好幾個禁忌，如此罪孽深重的自己，只能繼續朝深淵裡墜落。

所以，他想要的東西，就絕對要到手。他被自己的欲望所俘虜，舉起鑿子，往冰塊敲下去。

5

武藝大會

月夜王公是王妖狐族的族長，也是妖怪奉行所東方地宮的所長，他有一個最大的弱點，就是自己的甥兒津弓。

津弓是月夜王公已故的雙胞胎姊姊所生，同時也是所謂「妖氣相剋」的孩子。由於從父母雙方遺傳到兩種不能相容的妖氣，如果不用法術封印住，他小小的身體就會受到摧殘。不過，因爲封印無法持久，必須每隔三天就重新施一次法術。

雖然身體背著巨大負擔，津弓的個性卻很頑皮。他隨時都想出門，去找其他小妖怪玩，令月夜王公相當不滿。他巴不得能把可愛的甥兒關在安全的結界裡頭，哪裡都不要去。

所以，當津弓又闖了禍，月夜王公就順理成章的把他關進房間。只是，一直關下去也不是辦法。

「看來不能不放他出去了！」月夜王公輕聲嘆氣，往津弓的房間走去。

距離津弓和右京、左京半夜溜進奉行所的藏書庫，已經過了好一段時間，他被關到現在，一定開始不耐煩了。月夜王公私心希望，如果有什麼辦法，可以讓津弓再關久一點就好了。他邊走邊想，來到津弓的房門前。

「津弓，我進去了！」月夜王公推開門，只見津弓就坐在房裡，只是當他一轉頭，臉上卻又紅又腫。

月夜王公一個箭步衝上前，抓住津弓肩膀，著急的問：「你怎麼了？是在哭嗎？發生什麼事了？」

「是這個……」津弓傷心的攤開手，掌心裡躺著幾個美麗的珠子：「右京跟左京給我寫信，說他們兩天前幫大水潭的主人大蟹妖怪脫殼，得到許多珠子當謝禮。他們想分一些給我，就差人送來了……」

「那不是很好嗎？」月夜王公覺得奇怪。

「我也想去看呀……」津弓哭喪著臉說。

「看什麼？」

「我想跟右京左京一起去看大蟹妖怪，然後幫他脫殼呀！我不想拿別人分到的珠子，我也想親自拿到謝禮啊！哇哇！」津弓說完，又開始大哭。

「津弓，不要哭了！拜託你啦！」月夜王公心慌意亂，對他而言，沒有什麼比惹哭甥兒更棘手的了！

他想討甥兒歡心，就用法術變出幾個大珠子，說：「你看，這些寶珠不是更大更美嗎？這個像不像小月亮？還有這個，是把金色火焰封在裡頭喔！另外這個，藍得跟大海一樣，不是你喜歡的顏色嗎？」

可是，津弓看都不看一眼，卻哭得更大聲了！月夜王公十分洩氣，再下去，津弓大概要說出「我最討厭舅舅」了，得趕緊想辦法讓他恢復心情才行。但是，該做什麼好呢？既然送禮物沒效，那麼就找彌助或烏天狗小兄弟來陪他玩？不，這也是老套，沒什麼創意了。

月夜王公左思右想，卻想不出什麼妙計，不禁對自己感到失望。看來單憑一己之力是無法解決了，於是，他只好去找救兵。

那天晚上最可憐的，非梅花之鄉的小妖梅吉莫屬了！月夜王公忽然現身，把他嚇得魂飛魄散，青梅色的小臉瞬間發白：「呃、呃、呃……」

「梅吉，你不用害怕，可以幫吾個忙嗎？」月夜王公神色自若的說。

「幫、幫忙？」梅吉有些吃驚。

「沒錯，你不是最了解津弓嗎？最近發生一些事，讓他又鬧彆扭了……」月夜王公道出經過，梅吉聽了，羨慕得直嘆氣：「我也好想參加啊！」

「你也是嗎？幫大蟹脫殼，並不是什麼有趣的事啊！」月夜王公不解。

「可是，大家同心協力完成一件大事，就像參加廟會一樣好玩啊！津弓最喜歡熱鬧，他不能參加，當然就更失望了！」梅吉振振有詞的說。

「是、是這樣嗎？」月夜王公不知該說什麼。

「沒錯，就是這樣！對了！開個廟會如何？這樣津弓的心情馬上就會變好。不過，光是吹笛子或跳舞那樣風雅的節目可不行，一定要很熱鬧很開心，讓大人小孩同樂的節目才可以喔！」

「大人跟小孩同樂……那麼，辦那個應該可以吧？」月夜王公自言自語。梅吉趕緊趁機說：「您想到什麼了嗎？那麼，可不可以也讓我參加？我很久沒跟津弓玩了！」

「還是免了吧！到處都有妖怪拜託我，不要讓『不良小妖兄弟』湊在一塊哪！」月夜王公一口拒絕。

「怎麼這樣……」梅吉掃興的說。

月夜王公向他道過謝，瞬間就飛走了。他一邊飛，一邊在腦中計畫節目內容，想著津弓一定會很高興，不禁浮起得意的微笑。

那天晚上，飛黑的妻子萩乃，終於回到久違的家了。

不只是右京和左京，飛黑也好高興，一家四口開心的吃晚飯。飯後吃點心時，飛黑忽然提起：「對了！最近奉行所要舉辦武藝大會。」

「哦，武藝大會嗎？」萩乃似乎有點意外。

飛黑點頭道：「是的。我們奉行所的烏天狗，平常都勤練武功，鍛鍊身體。月夜王公說，我們應該有個發表成果的機會。」

右京忍不住問：「阿爹，是什麼樣的武藝大會啊？」

「還不清楚，不過應該有好幾種武術比賽。每一種競技的獲勝者，可以得到月夜王公的獎賞。」飛黑說。

「阿爹也參加比賽嗎？」左京問。

「不，我被指派當裁判。」飛黑答道。

這時，萩乃插嘴道：「哦，太可惜了！你要是參加比賽，一定能獲勝啊！」

飛黑苦笑說：「哈哈，可能就因爲這樣，我才被排除在外吧！要是我參加，其他的烏天狗沒機會得勝，可就失去鬥志了！」

「那還是很可惜呀！我們都看不到你的英姿哪！」萩乃還是不服氣。

看著妻子崇拜的表情，飛黑忍不住想：「爲了讓愛妻高興，我是不是該去拜託月夜王公，也讓我參賽呢？」

另一頭，雙胞胎兄弟好興奮，武藝大會這個名稱太響亮了！到底是什麼樣的大會呢？又有哪幾個烏天狗會得勝呢？

「阿爹，我想去看！」「我也想去！」右京和左京輪番請求。

「好啊！月夜王公說大家都可以來看，大會就定在四天後舉行。」飛黑微笑道。

「哦！」萩乃高興的說：「那我也可以去喔！那天剛好初音公主被邀請去久藏父母家，我總不能跟她一起去啊！」

兄弟倆聽了，開心得跳起來：「太棒了！好久沒跟阿娘一起出門了！」「那樣武藝大會就更好玩了！對不對？阿爹！」

「確實呢！不過你們都去的話，我只有當裁判，未免太可惜了……我還是拜託月夜王公，也讓我參賽吧！」這下飛黑真的開始煩惱起來。

時間很快過去，一眨眼，烏天狗武藝大會的日子就到了。那一天，月夜王公施展法術，將奉行所的練武場改造成一片大草原。聽到消息的妖怪陸續來了，他們各自準備了鋪地的草蓆，還有豐盛的便當，大家都興奮不已。

右京和左京早早就占好最前面的位置，等不及要看武術比賽。他們帶著便當，旁邊還坐著阿娘，實在沒有比這更幸福的事了！

就在這時，只見一旁的妖怪群裡鑽出一個身影，原來是津弓。

「右京！左京！」津弓興奮的呼喊。

「津弓少爺，好久不見了！」「你還好嗎？」小兄弟開心的問候。

「嗯，是很無聊啦！不過看見你們就很高興！」津弓說完，這才注意到萩乃。見他疑惑的偏著頭，萩乃深深行禮道：「很高興見到津弓少爺，我叫做萩乃，是飛黑的妻子，也是右京和左京的母親。」

「您是右京和左京的阿娘？」津弓一臉吃驚。

萩乃微笑道：「是的，謝謝你經常照顧我的兒子們。要不要一起看武術比賽呢？我們準備了許多好吃的東西喔！」

「那太好了！不過我得先去問舅舅。」津弓欣喜的說。

「那麼請讓我去跟月夜王公稟告吧！我也應該向他打個招呼。」

萩乃說完，便優雅的轉身離開了。

津弓看著萩乃的背影，忍不住嘆息：「好美麗的母親啊！你們有這麼好看的阿娘，太羨慕了！」

看見津弓一副失落的表情，雙胞胎兄弟趕緊說：「不過，我們可沒有月夜王公那麼好看的舅舅啊！」「所以說，津弓少爺才令人羨慕呀！」

「嗯，說的也是，我可是有個舅舅呢！」津弓聽了，才又恢復笑容。

一會兒，萩乃回來了，說她已經得到月夜王公的許可。於是，小妖怪們並排坐在一起，興奮的等待比賽開始。

咚咚咚！忽然響起沉重的大鼓聲。擊鼓的是站在城頭上的飛黑，只見他身穿雪白長袍，束著鮮豔的紫色腰帶，頭上頂著高高的烏紗帽，看起來非常神氣。

飛黑大聲宣布：「武藝大會現在正式開始！一共有三個比賽項目，第一項是棍棒術，優勝者可以獲得月夜王公的獎賞。有意參加者請出列！」

哇！全場登時歡聲雷動，年輕的烏天狗手持棍棒，紛紛跳了出來。在觀眾矚目下，參賽者被分成兩個一組，掄起棍棒開戰。劈打、橫掃、突進，招招不斷，攻防猛烈。有的組很快就定勝負，有的組拆了數十招才分出高下。

最後來到決賽，戰況非常激烈，令觀眾看得手心出汗。眼前只見棍棒破風迴旋，黑色的羽毛在空中紛紛亂舞。最後，其中一方猛烈突擊，棒端抵住對手腹部。一旁的裁判飛黑立刻舉起金團扇，大聲喝道：「雙方收手！羽角獲勝！」

見羽角勝出，月夜王公褒揚道：「表現很好！你的棍棒術終有一天會擔起奉行所的保衛重任。今後得繼續努力！」接著，他頒贈一根鑲著銀雕櫻花的美麗鐵棒給羽角，作爲獎賞。

如雷的喝采聲安靜下來之後，飛黑高聲宣布：「第二個項目是格鬥技，有意參加者請出列！」

於是烏天狗們又陸續出場，其中大多是體格魁梧的大烏天狗，不過也有幾個體型矮小的參雜其中。

「那麼小的個子，沒問題嗎？」「有幾個眞的很矮呢！」津弓和雙胞胎兄弟悄聲議論。接著，格鬥的對手出現了，現場的不安氣氛更加高漲。

原來，月夜王公招來的對手是鬼怪。那些鬼怪體型比烏天狗還要大許多，個個筋骨隆隆，還拎著帶刺的鐵棒。另一方的烏天狗們，卻只能徒手應戰。

「哇，這太不公平了！」「這不是太危險了嗎？」「阿娘，是不是該勸他們停戰啊？」三個小妖非常擔心。

萩乃安撫他們說：「別緊張，應該不會有事的。再怎麼樣，這些烏天狗都是奉行所的官兵，不管對手是鬼怪或兇惡的夜叉，他們也該有應戰的能力。」

「可是，對手還有武器……」右京不安的說。

「是的，不過他們必須見機出手，也要防衛自己，這正是這個項目的致勝關鍵。」萩乃冷靜的說。

雖然如此，年輕的烏天狗們要制伏鬼怪，似乎沒那麼容易。不少參賽者正面迎敵，卻被鬼怪抓起來拋出去。也有好幾個光是要避開鬼怪手上的鐵棒，就已顯得很吃力。

其中，有一個體型矮小的烏天狗，動作非常敏捷。他一把抓住鬼怪襲擊過來的手臂，接著伸腿一掃，將鬼怪絆倒在地。不知道他是壓制了哪個部位，鬼怪連站都站不起來。

「阿娘，那是怎麼回事？」左京問。

「他應該是扭曲了鬼怪的脖子和肘關節，讓鬼怪動彈不得。想必是你爹教他的，那可是你爹的拿手招式啊！」萩乃說。

「好厲害啊！我也要請阿爹教我。」左京興奮的說。

「我也要學！」右京馬上接話。

「我也要！可不可以拜託飛黑教我？」津弓也趕緊大聲問。萩乃微笑回答：「只要月夜王公允許，我夫君一定很樂意教你的。」

「那我等一下就去拜託舅舅！要是他說好，右京、左京，我們就一塊學吧！」津弓興致勃勃的說。

「好！」小兄弟齊聲回答。

與此同時，有一雙眼睛正遠遠注視著笑呵呵的津弓，不用說也知道是月夜王公。他已經盯著津弓好一會了，見他快活的不停說笑，顯然心情已經完全開朗。

這個武藝大會辦得太好了！月夜王公正在自我陶醉，一旁忽然傳來飛黑的聲音：「月夜王公，請給獲勝的飛矢丸表揚。」

「哦，結束了嗎？」月夜王公猛然回神：「飛矢丸，你的戰術很高明！這是獎賞你的盔甲，它造得特別輕巧又堅韌，今後得好好利用！」月夜王公將獎品頒給飛矢丸，接著便合掌拍了拍手。

下一刻，競技場中央開始長出許多黑光閃閃的竹子，那些竹子互相交錯，往上抽高，不一會就圍成一圈圓形柵欄。

見到高大的柵欄出現在眼前，全場的氣氛變得很詭異。由於不知道即將發生什麼事，妖怪們都緊張的望向月夜王公和飛黑。

飛黑輕咳一下，宣布道：「最後一個項目是追捕獵物。這個項目不是要分出勝負，而是考驗各位參賽者，爲了捕獲強敵，應該如何同心協力。這次的獵物是……牛鬼！」

瞬間，周圍響起一陣驚呼。原來，牛鬼是眾所皆知的兇惡妖魔，牠缺乏智力，無論是人類或妖怪一律都會吞下肚。要和牛鬼對陣，可真是個嚴苛的試煉。

聽到對手是牛鬼，年輕的烏天狗臉色都變了，有的甚至不由自主往後退。這時候，飛黑又補充道：「如果大家奮勇捕獲牛鬼，過些天月夜王公將舉辦慰勞茶會，邀請年輕的女妖一起參加，到時候一定很熱鬧。」

此話一出，年輕的烏天狗登時心動了！原來，他們在幾乎全是男丁的奉行所工作，很少有機會認識異性。月夜王公若舉辦茶會，可說是認識年輕姑娘的千載難逢良機，說不定還能趁機找到未來的伴侶。

於是，烏天狗們紛紛躍進柵欄，就連已經負傷的也不甘落後。

觀眾席上看熱鬧的妖怪們也被逗樂了，七嘴八舌的吶喊：「加油啊！」「年輕就是本錢啊！」「這麼拼命，倒是挺可憐哪！」「他們眞是很難找對象啊！」「這是個好機會，加油啦！」

右京、左京和津弓聽不懂大人對烏天狗們的調侃，雙胞胎小兄弟抓著萩乃的衣袖說：「阿娘，他們不要緊嗎？」「聽說牛鬼是非常可怕的妖魔啊！」

「不要緊，萬一情況危急，阿爹一定會出手相救。月夜王公也在那裡看著，不會讓誰丟掉性命的。」萩乃安慰他們。

「嗯……說的也是呢！」小妖們聽了，才稍微放心。

這時候，飛黑拍掌大吼：「開始了！」

下一瞬間，柵欄中央的地面裂開，牛鬼妖魔出現了！

牛鬼有一座小山那麼大，身體長得像蜘蛛，頭上突出兩根角。在那張可怕的臉上，嘴巴就占了一半，嘴裡是參差不齊的利牙，牙縫中不停淌出口水。不但如此，牛鬼的身體覆滿黑毛，一對對蜘蛛腳的末端呈尖刀狀，只

要被牠踩住或是抓住，轉眼間就會被劈得體無完膚。

只見牛鬼掃視著包圍自己的烏天狗，黃色眼珠散發混濁的光芒。忽然，牠發出一聲震耳欲聾的嚎叫，朝眼前的烏天狗直衝過去。雖然牛鬼身軀龐大，動作卻異常迅速，瞬間就逼近一名烏天狗了。

哇！津弓驚叫起來，雙胞胎兄弟也忍不住摀起眼睛。就在這時，後頭的烏天狗一齊舉起棍棒攻打牛鬼的背部，雖然都被牠堅硬的厚皮彈了回來，但牠還是停下攻勢，不耐煩似的轉身看向自己的背後。乘此之機，先前被牠盯上的烏天狗得以逃脫。

下一刻，所有烏天狗都飛上空中，有的張弓搭箭射向牛鬼，有的俯衝下去揍牠。另一方面，牛鬼抓不到烏天狗，好像有點急了，開始在柵欄裡橫衝直撞，發出一聲聲巨響，令圍觀的妖怪們驚叫連連。

月夜王公見狀，眼神變得嚴厲起來：「要是這些烏天狗讓牛鬼逃脫了，吾可不會饒過他們！飛黑，吾要親自給這些部下嚴格訓練三年！你看看他們在幹什麼？唉，真是看不下去了！津弓都怕得不停在發抖啊！吾自己去把牛鬼解決掉吧！」

飛黑急忙回道：「等、等一下！這些小夥子並沒有放棄啊！您看，他們正在拼命攻擊啊！」果然，就如飛黑所言，年輕烏天狗們還在奮戰。但是，無論是用棍棒搥打，或是用弓箭射擊，都傷不了牛鬼一根毫髮，只是稍稍拖慢了牠的動作而已。

最後，幾個烏天狗開始像燕子般在牛鬼面前飛舞，看來是去當誘餌的。趁著牛鬼被他們分心的時候，其他烏天狗紛紛對準牠腳下，投出白色的細繩圈。

一個、兩個、三個，兇暴的牛鬼逐漸被繩圈套住腳。接著，只聽有誰發號施令：「收繩！」烏天狗們立刻一齊拉緊繩子，數條繩子往四面拉扯，繩圈猛然收緊，牛鬼的蜘蛛腳登時被綁成一束。

牛鬼發現自己中了圈套，開始奮力抵抗。烏天狗們接二連三被牠甩飛，卻無一退縮，即使撞到柵欄上，也都立刻飛回來抓住繩子。最後，牛鬼的腳被澈底束緊，再也站不穩，下一刻，只見牠被自己的重量拖垮，轟然倒地。

全場響起震天價響的歡呼聲，妖怪們紛紛對英勇的烏天狗部隊豎起拇指。場內的烏天狗個個身形狼狽，有的衣服破了，有的眼睛腫得好大，有的翅膀被打扁了，不過，大家都滿面笑容，一齊朝著上座的月夜王公看去。

月夜王公點頭道：「非常好！就依照約定，近日給大家開慰勞茶會。在那天之前，你們得各自把傷養好。」烏天狗們聽了，歡聲雷動，自是不在話下。

就這樣，武藝大會在歡欣鼓舞的氣氛下落幕了。

那天晚上，月夜王公讓津弓坐在膝頭，問他：「津弓，怎麼樣？你今天過得快樂嗎？」

「是！舅舅，我好快樂呀！太精采、太刺激了！尤其是最後捕獲牛鬼，緊張得心臟撲通撲通呢！」津弓興奮的說。

「是嗎？太好了！那吾下次再開這種大會吧！」月夜王公很欣慰。

「真的嗎？」津弓眼睛發亮。

「當然是眞的。只要你高興，吾什麼都可以做。就算明天再開一次也可以喔！」月夜王公說。

見舅舅好像當眞，津弓趕緊搖頭笑道：「不、明天不用了！大家都好累，太可憐了！」

「津弓，你眞是個善良的孩子，吾的好孩子呀！」月夜王公輕撫津弓的頭，笑得合不攏嘴。

津弓也幸福的笑了，但是，他的表情隨即黯淡下來。

「怎麼啦？津弓！」月夜王公趕緊問。

「我、我只是想不通一件事。」津弓說。

「什麼事？」月夜王公問。

「是梅吉。我以爲今天的武藝大會能見到他，結果卻沒有。像這麼有趣的大會，梅吉應該不會錯過的……莫非他得了傷風？舅舅，我可以去探望梅吉嗎？」津弓擔心的說。

「這……吾想……梅吉應該沒事……」月夜王公支支吾吾的說。津弓似乎察覺什麼，盯著月夜王公問：「舅舅……您對梅吉說了什麼嗎？」

「這……」月夜王公答不出來。

「難道……是您不准梅吉來看武藝大會嗎？」津弓大聲起來。月夜王公還是沉默。

「太、太殘忍了！舅舅實在太殘忍了！」津弓大叫。

「這個嘛……津弓……」月夜王公不知如何是好。

「我不要了！不要跟舅舅好了！」津弓放聲大哭，然後就跑掉了，月夜王公只好追過去。

結果，爲了安撫大發脾氣的津弓，月夜王公又答應了他好幾個任性無理的要求。

6

冰牢的逃犯

武藝大會結束以後，過了幾天，右京和左京又來到奉行所。

最先注意到他們兩個的，是負責守門的桐風：「兩位小少爺，今天只有你們自己來嗎？令尊呢？」

「是，我爹受月夜王公之命，去拜訪煙灰森林的煙霧妖怪一族，今天一早就出門了。」右京說。

「原來如此。對了！月夜王公要我傳話給你們，今天津弓少爺去

找妖怪托顧所的彌助玩，要待到明天才回來。」桐風說。

「去找彌助？」「要住在那兒呀？」小兄弟聽了好羨慕，互看一眼，右京說：「左京，下次拜託阿爹讓我們在那裡過夜吧？」

左京說：「可以的話就太棒了！右京。總之，今天的奉行所見習，就只有我們兩個了！」

「我們之後再把今天遇到的事都告訴津弓少爺吧！對了……桐風哥，你頭上的傷不要緊嗎？」右京關心的問。

「還有，你的翅膀不痛嗎？」左京也問。

原來，桐風的頭和翅膀都包著紗布。只見他自豪的挺起胸膛說：「這沒什麼，一點小傷罷了，是在前幾天的武藝大會上被牛鬼的角撞的。比我悽慘的烏天狗還多著呢！不過，大家都很有精神喔！嘿嘿，畢竟有獎賞等著啊！」

果然就如桐風所說，右京和左京走進奉行所，一路看見許多負傷的烏天狗，卻個個都笑容滿面，他們應該滿腦子都在想著月夜王公即將舉行的茶會吧！

雙胞胎小兄弟憋著笑，往更深處走去，打算瞧瞧還沒去過的地方。不久，就來到一處陌生的大倉庫前面。

大倉庫共有兩間，其中一間設有厚重的鐵門，門上拴著大鎖。另外一間連門都沒有，隱約可見入口深處，似乎有什麼東西在閃爍。

右京和左京悄悄探頭，窺看那間發光的倉庫。只見倉庫中好像是個冶金工場，到處擱著槌子和鉗子等工具，最裡頭的熔爐正燃燒著烈火。熔爐前方，有一個巨大的影子在工作，那個影子共有四隻手臂，像風車一般旋轉，底下發出閃電似的亮光。

「哇！」左京忍不住驚呼出聲。那個影子倏的轉過身，喝問：「是誰？」

沒等小兄弟回答，那個影子就大步走來。原來是一個女妖怪，她長得非常高大，體格健壯，有四隻修長的手臂，褲管束起來綮在膝下，穿著男丁用的黑色工作圍裙。不過她看起來還很年輕，容貌也挺姣好。

女妖怪彎下身，盯著兄弟倆看了一會，忽然笑了起來：「哦，我聽說了，飛黑老大的兩個小公子，正在到處參觀見習。我可是挺期待你們過來呢！我是武具師，叫做阿碧。奉行所上下使用的武器和工具，全部都是我做的喔！不用客氣，請進來隨便看看。不過，什麼都不要碰，因爲有很多危險的東西。」

右京和左京打完招呼，便好奇的踏進倉庫。倉庫中充滿燒鐵的氣味和火焰的熱氣。

「剛才妳在做什麼呢？」右京忍不住問。

「啊，你是說這個嗎？」阿碧說著，從工作檯上取下一條細細的鐵鍊，鐵鍊末端連著三顆很大的金色眼珠。「這個是鬼蝙蝠的眼珠，

會在黑暗中發光。我正在試驗，看它能不能閃瞎敵人的眼睛。現在只要旋轉這條鐵鍊，它是會發光，不過威力還不夠強大。」

「阿碧姊，那邊像熊皮的又是什麼呢？」左京指著問。

「那是鐵川獺的皮，非常堅韌，通常用來做防身兵器。」阿碧答道。

「那麼，那邊藍色的結晶是什麼呢？」右京問。

「那個是毒蛤蟆的眼淚，含有劇毒。不過如果把它稀釋，就可以當成麻醉藥，我想用來塗在捕物繩或是箭頭上。」阿碧說明。

「阿碧姊，那、那個魚骨頭用來做什麼？」雙胞胎兄弟眼睛發亮，不停問這個問那個。

阿碧一點都沒有不耐煩，一一回答兩兄弟的問題。她見右京左京對自己的工作有興趣，似乎很高興，便對他倆說：「怎麼樣，要不要去看看已經完成的兵器啊？」

「可以嗎？」「我想去！」兄弟倆好興奮。

「好、好！那我們就去隔壁倉庫。已經完成的兵器，都放在那裡。」阿碧說。

於是，他們三個一起走向隔壁倉庫。阿碧拿出鑰匙，把鐵門上的大鎖打開。「這個倉庫的鑰匙只有兩把，分別由月夜王公和我保管。否則萬一被誰把武器偷出去爲非作歹，可就大事不妙了！」阿碧一邊說，一邊用四隻手推開鐵門。

只見廣闊的倉庫裡頭，弓、刀、刺槍等各式各樣的武器整齊排列，每一件都被仔細保養過，擦得雪亮。一旁還有許多層架，架上擱著大大小小的箱子，上頭都貼著標籤。牆上則掛滿各種鎖鍊和捕物網。

這時，左京瞥見一束繩索，興奮的叫道：「哇！這些就是在武藝大會上，逮捕牛鬼用的繩子對不對？」

「是啊！這些是把幾百根月光做的絲線，纏在一起搓成的繩子。即使是月夜王公也沒法切斷它們呢！」阿碧得意的說。

「哦，連月夜王公都不行啊？」「難怪牛鬼妖魔也被這繩子五花大綁啊！」雙胞胎兄弟非常佩服。

接著，右京發現一個跟自己差不多高的藍色大壺，便問：「阿碧姊，那個大壺裡是裝什麼？上頭寫著『防水油』呢！」

阿碧答道：「就如上頭寫的，把那個油塗在身上，就不會被水淋溼。不過每次都要塗滿全身實在很麻煩，所以我正在研究，是不是可以做成吞服的藥丸。如果吞下去就有同樣效果，可就太方便了！」

「有沒有可能成功呢？」右京又問。

阿碧苦笑道：「這個還有點困難啦！上次我叫一個年輕的烏天狗試吃藥丸，他居然頭暈目眩摔在地上，把一壺油都打翻了。因為流得到處都是，我用了好大一塊布，才把那些油擦乾淨哪！雖然挺浪費，但我總有一天會研究成功的！」

就在這時，外頭傳來叫喚聲：「阿碧，妳在哪裡？」

「咦？那是羽角的聲音嗎？不好意思，小少爺，我們先出去一下吧！」阿碧說。

「是！」雙胞胎兄弟乖乖答應。

他們走出武具庫，看見一個很高大的烏天狗，那是武藝大會上棍棒第一的羽角。只見他懷裡抱著一堆殘破的護膝和護手，斷的斷裂的裂，有的連裡頭嵌的鐵板都掉出來了。

「阿碧，妳在眞是太好了！請幫我把這些修好。」羽角說。

「唉呀！怎麼又弄壞了？」阿碧抱怨道。

「沒辦法呀！昨天有一場鬼怪的酒宴，爲了壓制一些喝醉鬧事的傢伙，我們不得不來硬的。只弄壞了這些，還算小事哪！」羽角苦笑道。

「眞討厭！這些都是我辛辛苦苦縫製的，你們每次都隨便給我弄壞……好啦好啦，我就幫你們修理。不過，你跟我來一下！」阿碧命令道。

「咦？做什麼？我不要啦！」羽角臉色一變，拔腿就要逃走。只是阿碧畢竟有四隻手，連強壯的羽角也招架不了她。

羽角被阿碧抓住，可憐兮兮的叫道：「拜託饒過我啦！妳又要拿我做試驗嗎？上次妳叫我試捕鳥用的黏膠，害我屁股的毛都掉光了！最近我們要開茶會，不能有見不得人的傷呀！」

「你說什麼？我要不是一直從失敗中學習，怎麼能做出眞正的好東西呢？再說，還不是因爲你們不停把裝備弄壞，我才不得不絞盡腦汁改良，想辦法做出更堅固的東西呀！對了，你們最近也沒把工具保管好，上回不是丟了一根雷水晶鑿子嗎？拜託小心點哪！」

「那、那不干我的事啊！」羽角無辜的說。

「我不管，總之你跟我來，別想開溜啊！我正好有東西需要誰來試一下。那麼，兩位小少爺，今天就給你們介紹到這裡了！」阿碧說。

「是！」「謝謝阿碧姊招待！」小兄弟鞠躬道。

「嗯，來吧！羽角，是這邊啦！」阿碧吆喝道。

「哇——不要啊！」羽角就這麼被阿碧拖進武具庫。他們消失以後，右京和左京面面相覷。

「羽角真可憐啊！」「是啊……不過，幸好我們沒有被抓去試驗。」「真的呢……我們要再往裡頭走嗎？」「好啊！」於是，兄弟倆並肩繼續往前走，最後，終於來到奉行所建築群的盡頭。

只見那裡有一座大岩山擋著，就像天然屏障般守護著奉行所後方。岩山表面裂開許多參差不齊的縫隙，裡頭汩汩冒出水流，形成一道瀑布。那瀑布大約有兩個人高，雖然不大，水量卻很豐沛。傾瀉而下的水先是聚成一個小水池，再往奉行所外圍的壕溝流出去。

就在水池旁邊，巍巍站著一名全副武裝的烏天狗。他一見到雙胞胎兄弟，便露出笑容：「你們是飛黑老大的公子嗎？終於來我們的冰牢參觀了？」

「這裡就是有名的冰牢嗎？」雙胞胎驚訝的問。

原來，妖怪奉行所裡頭有好幾個牢獄。拘禁輕罪犯人的是禁足牢，在等待判決期間關押嫌犯的是石牢，囚禁重罪犯人的便是冰牢。

「那麼，你是負責看守冰牢的獄卒嗎？」右京問。

「是的，我叫做雀丸。」那個烏天狗說。

「我們是右京和左京。」右京說。

「雀丸哥……這裡只有一個獄卒看守嗎？」左京問。

「本來是兩個，現在另一個剛好請假。不過，就算只有我一個也沒問題喔！」雀丸拍拍胸脯說。

「可是，要是有妖怪從這裡逃出去，那不就糟了？你自己眞的可以應付嗎？」左京和右京都覺得不安。

雀丸笑了起來：「總之，請你們跟我進來冰牢看看，我給你們帶路。」

說罷，他就張開翅膀，飛進瀑布當中。雙胞胎兄弟嚇一大跳，卻聽另一頭傳來雀丸的聲音：「你們等什麼？不要緊，趕快進來吧！」

兄弟倆無法拒絕，只好閉上眼睛，一齊往瀑布中跳進去。想不到水流意外的柔軟，下一瞬間，他們就落在堅實的地面上了。

一睜開眼，只見前面是一條很長的隧道，深得看不見盡頭。誰能想到在瀑布裡面，竟然隱藏著這樣的洞穴。

不過，令人驚奇的不只如此。

「右京，我們都沒溼掉呢！」左京叫道。

「真的！我們明明穿過了瀑布，怎麼會這樣呢？」右京也很驚訝。

看著兄弟倆不可思議的摸著自己的臉和衣服，先進來的雀丸笑著解釋：「這個瀑布很特別喔！它被施了法術，所以進來的時候完全不會弄溼。」

「那麼，出去的時候就會溼掉嗎？」右京問。

「不，只要不帶走這裡任何東西，就一樣不會溼。因此，這洞穴中所有的東西，即使是一個小石頭，也不能帶出去。」雀丸正色道：「換句話說，這個瀑布才是真正的獄卒。即使有妖怪打破封住自己的冰塊，也得通過這唯一的出口才能逃走。當逃犯穿過瀑布，水就會把他淋溼，並發出強烈的臭氣。就算外面有誰潛進來，把囚犯偷帶出去也是一樣。無論逃犯跑得多遠，藏得多好，都無法擺脫臭氣，直到被追兵循氣味逮到為止。」

雙胞胎兄弟聽完，都覺得這個機關太有趣了！接著，雀丸從洞窟牆上取下三套蓑衣，分兩套給小兄弟。只見那蓑衣微微發紅，一碰到就發出火花般的劈啪聲。雀丸說：「洞窟裡頭是冰窖，非常寒冷，你們得穿上這火焰稻草做的蓑衣，否則走不進去。還有，也請穿上這稻草靴。」

小兄弟穿上火焰稻草做的蓑衣和靴子，身體立刻開始發熱，幾乎要出汗了。

但是，雀丸說這樣還不夠。他一邊穿上蓑衣，一邊說：「即使穿上這個，也無法在冰窖裡待四半刻⁶。那麼，你們跟我來吧！」

雀丸往洞窟深處前進，後頭跟著兩個小兄弟。這時候，他們才知道雀丸說「這樣還不夠」是什麼意思。感覺每走一步，寒氣就愈重，冷得彷彿每根骨頭都被侵蝕一般。

最後，他們終於來到一個廣闊的空間。那裡到處覆蓋著藍色的冰，洞頂垂下巨大的冰鍊，地上冒出許多粗壯的冰筍，冰鍊和冰筍相連，形成幾百根冰柱。

而就在那些冰柱當中，封印著許多妖怪囚犯。一根冰柱封一個，從小個子到大塊頭，每一個都睜著滿懷怨恨的眼睛，被牢牢凍結著。

雀丸指著那些冰柱，一一介紹：「這個妖怪叫吸時鳥，是吸取生物青春的魔鳥。他突襲鈴蛙族的家鄉，幹了許多壞事，終於被抓來這裡。」

「這個大章魚妖怪，是在北海興風作浪的八禍。他襲擊許多人類的船隻，把船員們的靈魂和血肉吃得一點都不剩。」

「這個小嬰兒叫災子，她看起來很可愛，卻是個可怕的妖魔。她會把其他妖怪的嬰兒殺掉，再化身成那嬰兒，吸吮母奶。當她覺得厭了，就再去找別的妖怪嬰兒。因爲她長得可愛，被騙的妖怪母親也會想保護她，可費了我們好大一番功夫才抓到。」

右京和左京渾身發抖，不是因爲寒冷，而是被雀丸說的話嚇壞了。

「雀丸哥，你、你每天都在這可怕的地方巡邏嗎？」右京忍不住問。

「才沒有呢，我是很少進來的。你看這些囚犯，都被用極強的法術冰封起來，幾乎不需要防備他們啊！不過，另一個獄卒風丸，可就常常進來了。他的個性很認眞，經常到處巡邏。但是最近他大概工作疲勞，得了傷風，已經請了好一陣子假，前幾天的武藝大會也沒出席。好啦，我們也差不多該出去了！」雀丸說。

雙胞胎兄弟點頭說好，跟著轉身要走。就在這時，右京忽然腳底打滑，摔了一跤。

「右京，你沒事嗎？」左京趕緊靠過來。

「沒事，我好像踩到什麼了！」右京說。

「你踩到的是這個嗎？」左京撿起一個手掌大的碎冰塊。那冰塊很藍，就像夏日的晴空被封在裡面。

然而，雀丸一見到那個冰塊，臉色瞬間大變，他的鳥嘴顫抖，聲音沙啞：「怎、怎麼會有碎冰塊？不可能啊……！」

忽然，他張開翅膀，往洞窟深處飛去，雙胞胎兄弟也急急跟上。當他們好不容易趕上雀丸，卻看見他茫然呆站在那裡，面前有一塊只剩根部的大冰柱，四周散落著無數碎冰。

顯然，這裡曾經有一根完整的冰柱，但是它不知被誰打碎，大半截已經不見了！

這個景象意味著什麼，不用說明，右京和左京也再清楚不過。

一接到消息，月夜王公立刻趕來了。他原來就白皙的臉，在看見碎冰柱的那一刻，變得更加蒼白。過了半晌，他嘶啞的說：「這是……怎麼回事？爲什麼第一百零七號的冰柱會碎掉？裡頭的女囚……到哪裡去了？」

「月夜王公，我們不知道……」一旁的烏天狗害怕的說。

「說不知道就能交差嗎？」月夜王公全身暴發沖天怒氣，化成一股焚風，把周圍所有妖怪都嚇得往後退，右京和左京甚至跌坐在地上。

只見月夜王公眼神凌厲，狠狠瞪著底下的烏天狗們：「無論是什麼妖怪，都不可能自己從冰牢逃出去。一定是有誰溜進來，打破冰柱，把那個女囚帶走了！」

「可、可是，那樣的話，要穿過瀑布逃出去，一定會沾上臭氣。我們都沒聞到任何臭味啊……」有個烏天狗大膽回話。

「那更是不可能！從這裡拿任何東西出去，即使是一顆小石頭，也會染上瀑布的臭氣，那道法術可是吾親自施加的。如果那道法術被破解，那麼……就一定是內奸幹的！」月夜王公怒吼。

此話一出，在場的妖怪都屏氣噤聲，四周的空氣似乎愈來愈冷。月夜王公看著慚愧低頭的烏天狗們，語氣冷靜了些：「把第一百零七號囚犯帶走的狂徒，一定策畫已久。他得先勘查現場多次，再演練計畫，然後謹慎準備……這裡的獄卒是誰？」

「是、是我！」雀丸渾身發抖，站了出來：「可、可是我對天發誓，我是清白的。我、我從來沒讓來路不明的傢伙進去，也沒見誰通、通過那瀑布……」

月夜王公直直盯著拼命喊冤的雀丸，過了半晌才點頭道：「看來你所言不假。下去吧，你沒有嫌疑了。不過，應該還有一名獄卒，是哪一個？上前來答話！」

「那、那是風丸，他請病假，好像是傷風……」雀丸吞吞吐吐的說。

「什麼時候開始請假的？」月夜王公沉聲問。

「大概……有十天了！可是，風丸不是卑鄙的傢伙，他巡視冰牢也比我勤快，每天都進去看好幾次。」雀丸辯護道。

然而，月夜王公聽了，臉色卻更加陰沉：「每天進去看好幾次……？那他出來的時候，是什麼表情？」

「好像……有點愣愣的樣子。偶爾，眼睛看起來像在發亮。」雀丸偏著頭想。

「夠了！」月夜王公隨即轉身，下令道：「現在馬上出動去風丸家！只要沒事的都一起來！」

「是，遵命！」烏天狗們緊隨月夜王公，向洞穴出口飛去。右京和左京不知如何是好，便也跟在後頭。

一出瀑布，只見飛黑從天而降，大聲問道：「月夜王公，聽說有囚犯逃獄，請問是眞的嗎？」

「看來是如此，你回來得正好。獄卒風丸似乎有可疑之舉，需即刻緝拿歸案，你也一起去！」月夜王公下令。

「欸？風丸？」飛黑大吃一驚：「他是個很認眞的小夥子，怎麼會犯這種大罪……？」

「吾會仔細查明嫌犯……逃獄的可是第一百零七號囚犯啊！」月夜王公皺眉說。

飛黑一聽，瞪大眼睛，說不出話來。

月夜王公神色憂慮，大喝一聲：「出發！」接著便率眾飛上天際。

飛黑正要跟上，這才發現兩個兒子也在場：「你們怎麼在這裡？」

「阿爹！」雙胞胎兄弟奔上前，卻聽飛黑嚴厲的說：「這回可不能帶你們去！你們趕快回家……不，去找妖怪托顧所的彌助吧！今天津弓也在那裡，你們就跟他一起待在彌助家，明白嗎？」

「是，知道了！」兄弟倆齊聲答應。

「那就快去吧！」飛黑說完，就展開翅膀，追隨月夜王公去了。

留在原地的右京和左京還在發抖，心臟撲通撲通跳得好快，只覺得難以呼吸。

「左京，我好怕呀！」「我也是……總之，我、我們就聽阿爹的話吧！」「是、是啊！」於是，兩個小烏天狗互相扶持，飛上天空。

在妖怪奉行所附近，有一棵高聳入雲的巨大杉木，杉木的枝幹上，垂掛著許多像小屋那麼大的葫蘆。單身的烏天狗把葫蘆掏空後，便住在裡頭。換句話說，這株大杉是年輕烏天狗的宿舍。

現在，月夜王公和奉行所的烏天狗一行，正團團包圍其中一個葫蘆。

「風丸，你出來！」飛黑大聲呼叫，裡頭卻沒有任何動靜。

「不用等了，衝進去！」月夜王公一聲令下，兩名烏天狗便猛力撞進葫蘆裡。只是，他們馬上就探出頭來，回報道：「不在裡面！」「已經溜了！」

「哼，逃走了嗎？你們分頭打聽他的下落。只要有誰見過風丸，都務必澈底盤問！」月夜王公下令後，便和飛黑進入那個葫蘆。只見裡頭亂七八糟，棉被捲成一團，碗盤散落各處，所有東西都積了薄薄一層灰。

「月夜王公，看來風丸已經好一陣子沒回家。您看這裡積了不少灰，少說也有十天了吧！」飛黑說。

「那麼，這傢伙幫那個女囚逃獄，大約就是十天前的事了？」月夜王公仔細打量著周遭。

「這……這麼說來，風丸正是在十天前開始請假。他最初是說有近親亡故，請了喪假，然後又說得了嚴重的傷風……」隨著飛黑的回想，可疑跡象一個接一個出現，風丸的嫌疑愈來愈重了！

月夜王公閉上眼睛，似乎在潛心思考什麼。「風丸……這名字吾聽玄空提過，說他是個好學的後輩，因爲太認眞，不小心讓書籍潑到水了。那本書好像是……記載如何破解萬年陳冰的法術。另外一本是案件紀錄……四十五年前的舊案。那是什麼案件呢……對了！原來如此！」

月夜王公忽的睜開眼睛，飛黑緊張得大氣也不敢喘一口，問道：

「您想起什麼了嗎？」

「風丸應該早就找到安全的藏身處，因爲就算把冰牢的囚犯帶出來，也不可能帶著她四處躲藏。」月夜王公說。

「確實，那些囚犯長年被封閉在冰柱裡，他們的血肉早就凍僵了！」

「沒錯，就算從冰柱中脫身，那個女囚至少還得等幾天才能動彈。

風丸一定也知道，所以事前準備好藏身處，把那女囚藏起來，打算讓她慢慢調養，恢復體力吧！」月夜王公推測道。

「可是，藏身處在哪裡啊？」飛黑毫無頭緒。

「四十五年前，邪魅妖怪一族大量偷取禁止食用的果實，你記得那個案件嗎？」月夜王公問。

「記得，那叫凶實，吃了以後妖氣雖然會變強，卻也會渴望吸食他人的血，是很可怕的果實。」

「當時吾等立刻動身追討，得知他們就躲在一個非常隱密之處。吾等能夠發現那個地方，可說是偶然，也可說是幸運。那些惡徒有本事找到那種地方，吾還不得不佩服呢！」飛黑聽到這裡，才終於理解月夜王公的意思：「您是說，風丸就躲在那個地方嗎？」

「依據吾的直覺，應該是如此。風丸大概是讀了犯案紀錄，決定要利用那個地方藏身。所以，他故意把紀錄弄溼，再向上頭報告，說自己要負責重抄，就這樣順理成章的把紀錄帶回家，據為己有了！」月夜王公推論。

「那麼風丸是躲在那個地方了？我們現在立刻動身！」飛黑急急說道。

「不，如果沒有紀錄指引，一定會迷路的……先回玄空那裡，他應該記得那個紀錄的內容，叫他把地圖畫出來！」月夜王公下令。

「遵命！」飛黑大聲回答。

縱然月夜王公和飛黑的行動像風一般迅速，但是當他們到達目的地時，卻也已經過了一個時辰。

那地方叫做黑影之森，地如其名，一叢叢黑色的魅影像霧氣般高高竄升，幽幽晃動，形成一片沒有實體的黑影森林。地面上覆滿黑色的黴菌，空氣中充滿令人窒息的霉味。

月夜王公一行照著玄空手繪的地圖，步步爲營，小心前進。四周的黑影不停變換，忽隱忽現，唯一能給他們指路的標記就在地上某處，卻又被黑黴菌遮掩，一不小心便會錯過。

終於，其中一名烏天狗叫了起來：「月夜王公，請過來看看！是不是這個？」只見他指著一個看似普通的石頭，雖然覆滿黑黴菌，卻隱約看得到白色的紋理。

「就是這個！找得好！」月夜王公立刻撿起那個石頭，朝地面丟了兩次。

忽然，周圍的黑影劇烈搖動起來，景色逐漸變化，下一刻，眼前憑空出現一幢用人骨蓋成的小屋。

「包圍起來！裡頭一隻蟲子也不准逃掉！敵人如果亮出武器，就格殺勿論！」月夜王公下令。

「就算是風丸也一樣嗎？」有個烏天狗問。

「當然！能夠活捉最好，但不必勉強。那個女囚，由吾親自處置！」月夜王公語氣堅決，烏天狗們聽罷，便各自散開。

「月夜王公，全隊都已就位！」

「好，即刻進攻！踢破每一道入口，全力搜索！」

「是！」烏天狗們挾著驚人氣勢衝進小屋，幾乎要把房子撞垮。

然而，裡頭空無一人。

不過，倒也不是什麼都沒有。只見地爐7裡的火還有餘燼，角落的被窩留下躺過的痕跡，一旁堆著許多野獸的屍體，牠們的血和膽汁都被吸乾了。

月夜王公見狀，怒道：「這逃犯吸了野獸的膽汁和鮮血，已經恢復體力了！」

「月夜王公，這睡鋪還是溫的！」一個烏天狗回報。

「可惡，他們剛逃不久，吾等晚了一步啊！看來他們不可能回來了，趕緊散開搜索，沒找到逃犯以前，不准休息！」月夜王公喝令。

「是，遵命！」烏天狗們齊聲答應。

這時，飛黑靠近月夜王公，左手拿著一塊灰色的布，右手抓著幾根黑色羽毛，說：「月夜王公……這是風丸的羽毛，掉得到處都是。武具庫丟的雷水晶鏨子，剛剛也發現了。看來確實是風丸策畫的無疑。」

「是嗎……那塊布是什麼？」月夜王公問。

「這是在地上撿到的，上頭浸滿了油，聞這味道應該是防水油。」飛黑答道。

月夜王公點點頭：「他們應該就是用這個逃過瀑布的機關。風丸先在自己身上塗滿防水油，再用那塊浸了油的布，把封著女囚的冰塊包起來，背著逃出去，這樣就不會淋溼，也不會沾上臭氣……雖然可惡，倒是思慮周詳。」

月夜王公頓了頓，續道：「他把女囚背到這裡，再用雷水晶鏨子敲碎冰塊，放她出來。」

「可是，背著冰封的囚犯這種事……根本不可能瞞得過奉行所上上下下啊？就算用油布包起來，他的樣子也必定會令人起疑。」飛黑不解。

「前一陣子，奉行所內不是發生腐敗蟲的騷亂嗎？」月夜王公沉吟道。

啊！飛黑倒抽一口氣：「您是說，就、就是在那時候？」

「恐怕是如此。在那騷亂當中，無論背著什麼東西，都不會引起注意吧！這麼一想，腐敗蟲的蟲卵一定也是風丸散播的。」月夜王公忿忿的說。

「可是……為什麼呢？明明是那麼前途有望的小夥子……」見

飛黑神情難過，月夜王公斥道：「現在可沒工夫嘆氣！風丸和那個女妖還不知道逃去哪裡，非逮到他們不可！話說回來……那個女妖一旦恢復自由身，肯定不會服從風丸。她是個欲望強烈、殘忍又會記恨的妖魔，凡是她想要的東西就絕對不放過……糟了！」月夜王公忽然大叫一聲，把飛黑嚇得跳起來：「月、月夜王公，您怎麼了？」

「是津弓！那孩子危險了！」月夜王公臉色不變，旋即轉身而去。

---

6 刻：日本古代計時單位，一刻爲兩小時，四半刻即四分之一刻，相當於三十分鐘。

7 地爐：傳統和式住宅有些會在地板挖開一塊四方形空間，並鋪上灰燼，用來燃燒木炭或柴火，主要作爲取暖或料理之用。

7

災禍來襲

那一天，彌助經營的妖怪托顧所很熱鬧。一早津弓就笑著跑進門，說：「我來過夜了！」緊接著，又有梅花之鄉的小妖梅吉來報到。

眼見號稱「不良小妖兄弟」的兩個小妖怪湊在一起，彌助不禁覺得奇怪：「你們是約好在這裡見面嗎？」

「不是啦！月夜王公忽然去我家，叫我來找彌助。」梅吉說。

「月夜王公……可真是想討津弓的歡心啊！」彌助低聲碎念。

另一頭，津弓看到久違的梅吉，開心得不得了：「哇！梅吉，好久不見啊！」

「喲，津弓，你好嗎？」梅吉笑道。

「我很好！來玩吧，一起玩！」津弓興奮極了。

「好啊！彌助，你想點花樣給我們玩吧？」梅吉轉頭問。

「是呀！彌助，你也一起玩啊！」津弓跟著喊。

被小妖怪纏著不放，彌助只能搖頭苦笑。幸好千彌出門去幫人按摩，否則他要是在家，一定會罵：「你們不要給彌助添亂子！」然後一把將小妖怪拉開。

「千哥大概暫時不會回來……好吧！我就陪你們玩個痛快！你們會隱形嗎？會的話我就帶你們去附近的廟會玩。」彌助提議。

「我們會我們會！」梅吉叫道。

「哇！要去廟會啦！」津弓大喜。

於是，彌助便帶著津弓和梅吉去鄰近神社。他們先看神轎遊行看個飽，再把每個攤位都逛一遍。彌助給兩個小妖買了糖果和糯米糰子，他們倆都心滿意足，最後，才相偕走回太鼓長屋。

兩個小妖大概是在人群裡推推擠擠，顯得有些疲倦。不過，在睡了長長的午覺之後，傍晚起來便又生龍活虎了。

這時，千彌還沒回家，可是彌助並不在意。只要是被隱居的佐和老爺叫去按摩，通常就會拖比較久，今天大概也不例外。於是，彌助決定先吃晚飯，便問：「梅吉也是吃完晚飯再回去嗎？」

「好啊！今天的晚飯有什麼？」梅吉問。

「只有茶泡飯跟醃菜。今天中午吃太多零食了，晚飯就吃簡單一點吧！」彌助說。於是，他們三個就愉快的吃起酸梅茶泡飯。

正在吃飯間，忽然，烏天狗雙胞胎右京和左京，跌跌撞撞的衝了進來。

見兄弟倆臉色鐵青，彌助雖然吃驚，還是趕緊過去安撫。他先給他們喝水，再緊緊把他們抱在懷裡，直到兩個孩子不再發抖。津弓和梅吉則是擔心的在一旁守候。

等到終於不再發抖，雙胞胎兄弟才斷斷續續的說出經過。他們本來是去參觀奉行所的冰牢，卻發現有囚犯逃獄，而且還是看守監獄的烏天狗策畫的。

聽到這麼天大的事件，津弓和梅吉都張大了嘴，說不出話來，彌助則是皺起眉頭：「會令月夜王公臉色大變，那逃獄的一定是很兇惡的犯人……希望他早點被抓到啊！不管怎樣，右京、左京，你們先喘口氣，要不要吃茶泡飯呢？還是去躺一下？」

才剛說完，只聽屋外傳來一聲：「打擾了！」接著兔子女妖玉雪便走進屋裡。外頭已經天黑，因此玉雪也變成人形了。

大夥擠在狹窄的房間裡，一邊吃玉雪帶來的紅豆糯米糰子，一邊七嘴八舌談論逃獄事件。

「這件事已經傳開了，妖怪界到處都在吵吵嚷嚷呢！」玉雪說。

「玉雪姊，那妳有聽說逃獄犯是誰嗎？」彌助問。

「只知道一點點。據說逃獄的是個女囚，她的天性非常殘忍。還有，她很擅長變身，彌助也得小心一點。如果有陌生的妖怪來了，你可不要隨便讓對方進門喔！」玉雪叮囑道。

「話雖這麼說，我總是個托顧所主人，就算不認識的妖怪來托兒，也不能隨便把他趕出去，這下可真有點頭疼啊！」彌助抱著雙臂沉思。

這時，坐在彌助肩膀上的梅吉，忽然問了句不相干的話：「玉雪姊，妳好像換衣服了？」

原來，玉雪以前一直都穿橘黃底紅色南天竹紋的和服，現在卻換穿黑底紫藤花的紋樣，與她雪白的膚色十分相襯。

玉雪微笑說：「是的，這是久藏給我訂做的。去年冬天我被捲進貓鬼頭事件，從前那套衣服就丟掉了，所以久藏送我一套新衣。」

「久藏就是初音公主的丈夫吧？這套衣服真好看，和妳很相配呢！」梅吉誇讚道。

「真的嗎？」玉雪被這麼一誇，高興得臉都紅了。

忽然，門外響起慌張的喊聲：「對不起！我是妖怪奉行所派來的，現在有急事，請幫我開門好嗎？」

彌助一聽，立刻跳起來衝向門口。一開門，只見外頭站著一個矮胖的烏天狗，是他沒見過的。

那個烏天狗一邊喘氣，一邊用銳利的眼神打量彌助：「你可就是妖怪托顧所的主人？請問津弓少爺在哪裡？月夜王公有令，要我馬上帶少爺回去。」

「是、是嗎？」彌助有點遲疑。

「是的，請讓我送津弓少爺回去月夜王公身邊。」烏天狗慌張的語調，令彌助也緊張起來：「那我馬上帶他出來。喂，津弓，準備回家啦！」

「哦，為什麼？舅舅明明說我可以待到明天早上呀！」津弓不滿的鼓起小臉，彌助只好安慰他：「不要生氣嘛，情況好像很危險，你待在月夜王公身邊會比較安全喔！」

「可是，我好不容易才見到彌助和梅吉，不想這麼快回去啦！」津弓鬧脾氣，在地上打起滾來。

這時候，站在外頭的烏天狗，似乎開始不耐煩了：「請趕快動身！現在一刻也耽擱不得啊！」

彌助只好繼續勸津弓：「你今晚就先回去嘛，畢竟犯人不知逃到哪裡，月夜王公也很擔心。下次你可以來玩久一點呀！對了，右京、左京，你們也陪津弓一起回去好嗎？」

「了解！」雙胞胎兄弟立刻點頭，再向津弓說：「津弓少爺，我們這就陪你回去月夜王公的宮殿。」「快點，一起走吧！」說完，他們就率先展翅飛向門口。然而，一見到門外的烏天狗，兄弟倆忽然同時僵住了。

見他們一動也不動的站在那裡，彌助覺得不太對勁：「喂，右京、左京，你們怎麼了？」

但是，雙胞胎依然一聲不吭，只是直直盯著眼前的矮胖烏天狗。最後，右京小聲開口了：「你記得我們嗎？」

「咦？欸？不……」烏天狗吞吞吐吐，似乎想不起來。

「我們可記得你！」這次換左京小聲說：「你是在釣鐘淵拯救大蟹妖怪時，把雷水晶鑿子送來的烏天狗，大家都叫你風丸。」

一聽到那名字，彌助登時瞪大眼睛。風丸不就是現在逃亡中的烏天狗嗎？他不就是身爲獄卒，卻幫助囚犯逃獄的那個烏天狗嗎？

只見矮胖的烏天狗笑了起來，同時高高舉起雙臂。彌助只覺一股寒氣直撲上身，便一個箭步衝上前，將雙胞胎兄弟緊緊攬在懷裡。

下一瞬間，傳來彷彿什麼東西撕裂的聲音，接著，溫熱的鮮血四處飛濺。不過，那不是彌助的血。

「玉雪姊！」雙胞胎兄弟慘叫。原來玉雪搶先一步，衝到他們前頭，用身體擋住烏天狗的攻擊。她小小的身軀當場倒下，地上很快便流淌了一灘血。

「妳、妳撐著點啊！」彌助奔向玉雪，小妖怪們放聲尖叫，他也快哭了。太可怕了！太莫名其妙了！爲什麼？爲什麼？他來不及想，總之要趕快幫玉雪止血。彌助用手巾按住玉雪的傷口，但是手巾迅速被血浸溼，把他的手也染紅了。

彌助正要喊小妖怪們把棉被拖出來，忽然，他發覺那個烏天狗正在設法穿進屋子。

當彌助開始經營妖怪托顧所的時候，這房子就被妖怪奉行所設下結界。來這裡的妖怪不會被其他人類看見，身上帶邪氣的妖魔也進不來。

可是，眼下這個結界正在被破壞。

只見那個烏天狗彷彿在推著一道看不見的牆壁，一點一點的擠進來。不過，他也不是毫髮無傷。他漆黑的羽毛和皮膚片片剝落，像骯髒的破布般往下掉，裡頭露出白玉般雪白的肌膚。彌助和小妖怪們看

得瞠目結舌，不能動彈。

最後，當那個烏天狗終於穿過結界進入長屋，他身上的烏天狗外皮，也全都脫落了。

站在那裡的是一個年輕女妖怪，身材苗條，脖子修長，一頭長髮像瀑布般流瀉下來，肌膚散發出白梅般的清香。她的容貌美得驚人，嘴唇豐潤嫣紅，狹長的眼睛嵌著燈籠果般的火紅瞳孔，背後垂下兩條白色的狐狸尾巴，正優雅的緩緩擺動。

不過，這個女妖雖然美得不可方物，彌助卻不知爲何感到害怕。在她身上，似乎有一團深不見底的黑暗和陰毒。

另一邊，女妖卻看都不看彌助一眼。她火紅的雙眼望向稚幼的津弓，接著綻開牡丹花般的笑顏：「你就是津弓吧？很高興見到你。呵呵，不必那麼害怕呀！我可是跟你同一族，都是王妖狐族出身喔！」

彌助想都沒想就轉頭問津弓：「是眞的嗎？」

「不……不知道。雖然我不知道，不過她身上的味道……跟舅舅一樣。」津弓吞吞吐吐的說。

「就是啊！我們是血脈相連的同胞啊！」女妖對津弓伸出手：

「我帶你回去找舅舅，我想跟你一起去見他。」

「爲、爲什麼？」津弓害怕的問。

「因爲，你是他唯一的親人啊！對他而言，你是無可取代的寶貝吧？而且……我也很特別，我可是他未來的妻子喔！」女妖笑了起來。

津弓不禁瞪大眼睛：「妳是舅舅的……未婚妻？」

「是啊！所以你過來，我們一起走吧！」女妖又伸出手。

津弓怕得縮成一團，彌助卻站起身，一把撥開女妖的手，叫道：

「妳少開玩笑了！」

他舉起被鮮血染紅的拳頭，對女妖怒吼：「我才不管妳是不是月夜王公的未婚妻，這裡是妖怪托顧所，像妳這種無故傷害玉雪的妖魔，休想要我把小妖怪交給妳。快滾！」

津弓聽了，忽然回過神來，狠狠瞪著女妖，喊道：「對、對啊！妳竟敢傷害玉雪，我討厭、討厭妳！妳出去！」

「對啊！妳滾出去！」「妳回去！」「妳出去！」梅吉和雙胞胎兄弟也跟著喊。

女妖見狀，不悅的撇了撇嘴：「眞討厭這些沒教養的小孩，尤其是骯髒的人類！」她一邊喃喃自語，一邊緩緩舉起手。

糟了！彌助感到危險逼近，卻連一根指頭都動不了，因爲女妖正直直盯住他，火紅的眼睛彷彿將彌助封印了一般，連他的腦袋都麻痺了。

不知何時，女妖的指尖已長出利爪。爪子是鮮紅色的。它們就要貫穿我的身體了！彌助茫然的想著，覺得很不眞實。他眼角瞥見小妖怪們正發著抖靠過來，似乎是想阻止女妖，不過他們都像在表演慢動作。

不要！妳不要過來！彌助正想張口，女妖的爪子卻已逼近眼前。就在千鈞一髮之際，有個像風一般的影子衝進屋裡，踢飛女妖，再一把抱住彌助，原來正是千彌。

「千、千哥！」彌助好不容易發出聲音。

「彌助，你沒事吧？不要緊嗎？」千彌驚慌的問。

「我……我沒事！」彌助勉強答道。

「可是怎麼有血的味道？是哪裡受傷了？哪裡啊？」千彌非常著急。

「不是，這是玉雪的血……她、她被那女妖襲擊了！」彌助說。

千彌聽了，神色陡然大變，那表情令彌助寒毛直豎，他從來沒見過千彌這麼憤怒。只見千彌剃得光亮的頭上，竄起一股青白色的雷電之氣，流過全身，向四周發散。雖然他依舊閉著眼睛，強烈的殺氣卻震懾全場。

彌助嚇得差點腿軟，小妖怪們更不用說，早就被震得四腳朝天，軟綿綿的趴在地上了。

另一邊，被千彌踢飛的女妖已經爬起來了。不過，她的臉色鐵青，笑容也不復存在，豐潤的嘴唇微微顫抖，嘶聲低吼：「你是……白嵐！」

聽到自己從前的名字，千彌似乎頓了一下：「妳……妳是誰？」

「我是紅珠。」女妖說。

「我不認識，對妳的氣息和味道也沒印象。」千彌冷冷的說。

「是嗎……？不過我倒記得你，而且記得可清楚了。你就是老纏著他，更把他俊美的臉割傷的邪惡妖怪！」紅珠忿忿的說。

「我不知道妳在說什麼……不過，我絕不原諒妳！妳想把我的彌助怎麼樣？」千彌怒氣騰騰。

「他妨礙我，我只是要殺他罷了！不過，看你這種態度……呵呵，那好，我改變主意了！我不要津弓，就先把那孩子搶過來吧！」

女妖說著，伸手指向彌助：「我不知道發生了什麼事，不過你好像很寶貝那個人類小孩。白嵐，現在你應該知道愛人愛得入骨是什麼滋味了？那麼，我就把那孩子搶來，讓你體會一下我心中的苦。你就盡力守著他吧！這樣才更好玩呀！你愈是拼命保護他，愈是……」

紅珠還沒說完，千彌已經忍耐不住了。他突然從懷裡抽出一根按摩用的長針，往女妖擲去。雖然千彌射得很準，卻被女妖輕巧的避過了。

「等等！」忽然傳來一聲大吼。

「我很快就會再來帶走那孩子。白嵐，你就好好等著吧！」女妖說罷，忽的就消失了，只留下一陣妖嬈的笑聲。

下個瞬間，「津弓！」伴隨著吼聲，月夜王公出現了。

8

紅色女妖

「她是吾的遠房親戚，名叫紅珠……曾經是吾的未婚妻人選之一。」月夜王公將津弓抱在膝上，平靜的說：「她被介紹給吾的時候，是比吾年長一點，不過當時她的美貌，已經不知魅惑多少妖怪了！」

「原來有這樣的女妖，我一點都不知道啊！」千彌咕噥。

「吾也是啊！」月夜王公苦著臉說：「當時吾完全沒聽過紅珠，第一次見到她，也一點都不動心。那時候吾認爲，她不過是同族親戚的女兒罷了！所以，訂親這檔事就打住了。只是……紅珠從此卻不肯放過吾。」

從那之後，紅珠有事沒事就出入月夜王公的宅邸，攏絡他的父母，希望他們為她撮合。但是，月夜王公當時對此一點都不關心，他眼裡只有最愛的雙胞胎姊姊，和最要好的妖怪摯友。除了他們兩個以外，月夜王公對誰都看不上眼。

然而，隨著歲月流逝，人事也起了變化。先是月夜王公最愛的姊姊出嫁，接著唯一的知心好友與他為敵。後來，姊姊難產去世，再過不久，他的宿敵也消失了，被月夜王公親手流放到人間。

於是，紅珠開始行動。

「那個女妖逼迫吾的父母，將她娶為媳婦。吾姊過世之後，吾承擔了養育津弓的責任，紅珠以爲吾當時正需要她。但是，吾的父母知道吾不想娶親，就拒絕了……想不到，她因此把他們倆殺了！」月夜王公咬牙切齒的說。

犯下滔天大罪的紅珠，被逮捕到月夜王公面前。「那個時候，吾大概是第一次正眼看她，紅珠也感覺到了。她高興的對著吾笑起來，那個笑容吾至今無法忘記。」

紅珠本來該判死罪，但是，月夜王公卻改用冰凍之刑。他以爲如此一來，會讓紅珠受到更大的痛苦。他想把紅珠遭受酷刑的模樣，永遠暴露於世。

月夜王公懷著滿腔憎惡和輕蔑，親自把紅珠凍結在冰柱中。在他施法的時候，紅珠的目光一刻也不曾離開他，臉上依然掛著那美麗的微笑。

「如今一想，吾當時也太天真了！那個女妖是最擅長蠱惑人心的，她面帶微笑接受冰凍之刑，一定是料想將來某一天，能夠再擄獲誰的心，把她救出去……結果，有一個烏天狗就這麼中了她的計謀，

跌進罪惡深淵，最後丟了性命。」月夜王公沉重的聲音，令彌助他們也感同身受。

紅珠一開始出現的時候，是披著烏天狗的皮。當時像破布般片片剝落的殘骸，就是風丸悲慘的下場吧！

「太殘忍了！」千彌鐵著臉說：「她使盡各種手段利用自己的恩人，最後卻把他殺掉，再披上他的皮毛……月夜王公，你的親族之中也有這種敗類啊！」

對著表情十分難看的月夜王公，彌助鼓起勇氣問：「我不懂的是，紅珠爲什麼來接津弓呢？她是想把津弓擄去當人質嗎？還是想攏絡津弓，再去討好您呢？」

津弓聽了，立刻大叫：「我絕對不會中她的計！她是傷害玉雪的妖魔，我怎麼可能被她騙呢？」

月夜王公輕輕拍撫氣呼呼的津弓，搖頭說：「都不對，那個惡毒的女妖，一定會殘忍的殺掉津弓，再把他的遺骸投寄給吾啊！」

「可是……她要真的那麼做，只會讓您更恨她，難道她不知道嗎？」彌助問。

「比起要吾喜歡她，那個女妖更想把吾完全據爲己有。她以爲只要吾的身邊沒有任何親友，就會轉而關心她。那女妖滿腦子就只有這種想法，所以，她先是殺了吾的父母，這回又相準了津弓。總之，吾得向彌助道謝，幸好你沒把津弓交給她。」月夜王公帶著歉意，輕輕點頭。彌助趕緊搖頭說：「不、不是我！真正守住津弓的是玉雪啊！」

彌助轉身去看躺在後頭的玉雪，經過月夜王公施法治療，她的臉色已經好多了，雖然還沒清醒，但應該不會有大礙。想到玉雪倒在血泊中的情景，彌助不禁眼眶發熱。若不是她挺身而出，彌助、津弓或其他小妖怪們會有什麼下場，眞是想都不敢想。

「不只是津弓，就連我和其他孩子的性命，也都是因爲玉雪的犧牲才能保住的呀！」彌助說。

千彌聽了立刻接話：「這樣啊！那麼我得向她道謝才是！」

「讓吾先來！白嵐，你等著。」月夜王公搶著說。

「笑話！你才要讓開呢！」千彌不甘示弱。

千彌和月夜王公鬥嘴了幾句，接著便正色問道：「話雖如此……那個女妖好像跟我結下梁子了！她很清楚的說，爲了讓我受苦，她打算對付彌助。你知道她會幹什麼嗎？你心裡有底嗎？」

月夜王公皺眉道：「吾也不知道。但是無論如何，吾絕對不會讓她得逞！吾用自己的名譽擔保，這回絕對要把她處死！」

聽月夜王公語氣堅定，千彌哼了一聲道：「聽你這麼說就放心了。那你把小妖們帶回去吧，我要讓彌助休息了！」

「不用你吩咐！津弓，走吧！該回家了。雙胞胎和梅吉也一起來，吾把你們各自送回家。」月夜王公說完，輕輕抱起昏迷的玉雪，帶著小妖怪們出去了。

屋裡一下子空蕩許多，千彌對彌助微笑道：「不要緊，無論那個女妖多麼邪惡，我絕對不會讓她碰你一根指頭。即使不借助月夜王公的法力，我也有各種方法可以保護你……我絕對會好好守著你，放心吧！」

看著微笑的千彌，彌助卻隱隱感到不安。他忽然覺得，千彌正在離他遠去。

他不希望千彌爲了自己，做出不合情理的事。但是，面對彌助的擔憂，千彌卻只是打哈哈，什麼都不肯回答。

時值水無月[8]，令人不安的氣息，伴隨著霪雨的味道，正向著太鼓長屋悄悄而來。

8 水無月：日本舊曆六月。

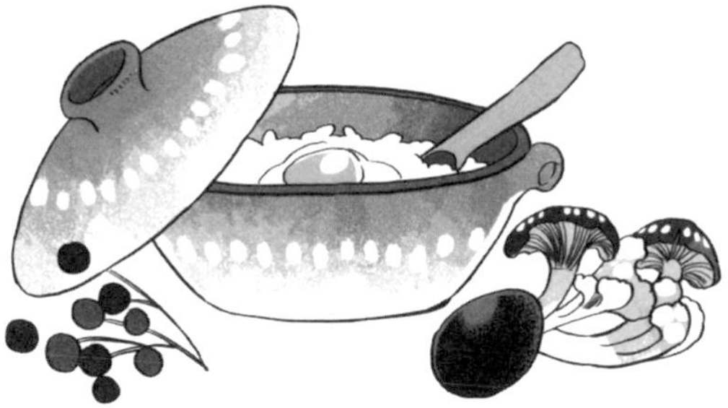

華蛇族奶娘，燉煮藥膳鍋

1

嫁給人類的華蛇族公主初音，自從懷孕之後，被害喜搞得頭昏腦脹。她既不能站，也不能躺，又睡不著，當然，飯更是吃不下，只能勉強吞一點米漿粥。

隨著時序來到六月，初音的害喜逐漸減輕，只是食欲和精神仍然不好，臉色蒼白又憔悴。她的奶娘萩乃著急得不得了，心想即使肚子裡的胎兒很重要，但首先還是得讓初音的身體恢復健康。因此，她費盡心思爲初音準備營養補身的食品。

從初音家回到華蛇族的宮殿後，萩乃向隨侍的青蛙妖怪青兵衛說：「我想給公主燉個藥膳鍋，得去尋找食材，你就隨我來吧！」

「當然可以……不過，萩乃娘娘不用親自去找，只要吩咐一聲，小的就會幫您做呀！」青兵衛覺得奇怪。

「爲了公主的身體，這次我要親自張羅食材。」萩乃堅定的說。

「那麼……您要不要約久藏少爺一塊去呢？」青兵衛小心的問。

「絕對不要！那個男人只會礙手礙腳。」萩乃皺起眉頭。初音的丈夫久藏，直到現在依然令她看不順眼。

「快點，沒時間拖拖拉拉了！青兵衛，跟我來吧！」萩乃命令道。

「是、是！」青兵衛趕緊背起大竹籠，跟在萩乃後頭，先去拜訪妖貓族的王蜜公主。

王蜜公主正在宮殿的房間裡獨自玩耍，那個房間非常大，充滿幽暗的氣息。數十個火球像螢火蟲般漂浮在半空中，每個顏色都不一樣，噴發出各種鮮豔的火焰。只見王蜜公主隨意抓起火球，像沙包似的拋來拋去，或是像繡球般扔著玩，自得其樂。

雖然外表看起來只有十歲左右，王蜜公主卻是個和月夜王公地位相當的大妖怪，擁有無比強大的妖力，全身散發出耀眼的光芒。她有著金黃燦爛的眼珠，雪白如瀑的長髮，在黑暗中更顯得非凡出眾。無論見她幾次，萩乃總會忍不住驚嘆。

另一邊，王蜜公主察覺來客，便微笑道：「哦，妳不是初音公主的奶娘嗎？好久不見，初音可好嗎？」

「是，初音公主的害喜已經好多了，不過還很虛弱。所以，這回是來拜託王蜜公主，可以請您分一點捻虹樹的果實給我嗎？」萩乃恭謹的說。

「好啊！要多少都可以。妳把那邊的紙門拉開，就會通往捻虹樹所在的庭園。回來的時候，請妳一樣拉開這道紙門就行了。我會吩咐手下，到時引導妳離開宮殿，我就不送了！」妖貓公主爽快答應。

「謝謝關照，感激不盡。」萩乃低頭行禮後，就帶著青兵衛，拉開那道紙門。

果然如王蜜公主所言，外頭是個廣闊的庭園。雖然現在已經是早晨，庭園卻仍被黑暗籠罩，滿園的花草樹木都發出妖異的光芒，像鬼火般閃爍不定。其中有一棵樹特別顯眼，它的枝幹是由無數藤蔓糾結纏繞而成，看來就是捻虹樹了。

由於組成樹幹的藤蔓五顏六色，使得整棵捻虹樹看上去彷彿一束彩虹。樹上一片葉子都沒有，卻吊掛著一串串白色的果實，像紫藤花般低垂下來。

青兵衛感動得讚嘆：「哦！這就是捻虹樹？好美啊！」

「不只是美，它的果實對血行通暢很有功效，正是初音公主現在最需要的。好了，開始摘吧！」萩乃挽起袖子，動手採摘起來。

青兵衛一邊幫忙，一邊偷偷塞一顆進嘴裡，發現它的果實很有野味，與其說是水果，不如說像芋頭。

原來如此，放進鍋裡煮也許會挺好吃吧！青兵衛安了心，又繼續採摘。

採了約莫七串果實之後，萩乃滿意的說：「這樣應該夠了。接下來，我們去月夜王公的宮殿吧！」

「呃……」青兵衛呻吟。

「怎麼啦？」萩乃問。

「不……只是，接連去見偉大的妖怪，對小的這種卑微之輩來說，好像太過刺激了……」青兵衛呑呑吐吐的說。

「怎麼這麼不中用？這都是爲了公主好呀！」萩乃說完，一把拉起腿軟的青兵衛，就往月夜王公的宮殿出發了。

這回的目標是月夜王公飼養的龍雞。龍雞蛋既可口又富含營養，每天早晨和傍晚，月夜王公都親自撿蛋，給他的甥兒津弓吃。

萩乃暗中許願，只要能得到一顆龍雞蛋就好。初音最喜歡吃蛋，對她腹中的胎兒也很補。

萩乃一邊盤算，一邊趕往月夜王公的宮殿。

2

一到達宮殿，只見月夜王公正準備出門。萩乃急忙叫喚：「月夜王公！」

「哦，妳不是飛黑的妻子嗎？怎麼了？請快說，吾現在有急事。」月夜王公說。

聽完萩乃的來意，月夜王公心不在焉似的點點頭：「那就請便吧！本來吾可以幫忙，不過妳來得不是時候，只好失禮了，請妳自己去撿

雞蛋。那麼，請多小心！」說完，他就匆匆飛走了。

青兵衛偏著頭問：「究竟發生什麼事？沒見過月夜王公那麼著急……莫非是有誰逃獄了？」

萩乃斥道：「不要亂說！總之，我們已經得到准許，就自己去撿雞蛋吧！喂，那邊那位，請問龍雞的巢在哪裡呢？」萩乃叫住一個正好經過的女僕，向她問路。

女僕帶他們來到一間大倉庫前，說：「這裡頭就是龍雞的巢，進去以後請千萬要小心，龍雞是很兇悍的。」她小聲說完，就一溜煙跑遠了。

萩乃和青兵衛盡量不發出聲響，悄悄打開倉庫的門，往裡面窺探。令他們吃驚的是，倉庫中竟然是一片廣闊的森林。

「這……這太神奇了！」青兵衛驚嘆。

「這一定是月夜王公爲了飼養龍雞，特地用法術造出來的森林。總之我們進去瞧瞧吧！不過我沒見過龍雞，希望能找到牠的巢啊！」萩乃說。

青兵衛把竹籠擱在倉庫外面，主僕倆便小心翼翼的踏入森林。才沒多久，青兵衛就發現一根羽毛。那根羽毛重得像是鐵做的，非常堅硬。

「這簡直就是鱗片……長這種羽毛的雞，究竟是什麼樣子啊？」

青兵衛小聲嘀咕，萩乃不知如何回答。就在這時，前方樹叢裡忽然傳來咚咚咚的沉重腳步聲。他倆立刻躲進一旁樹蔭下，接著，龍雞就出現了！

龍雞非常龐大，足足有萩乃的兩倍高，用兩隻後腳站著走路。牠長得與其說是雞，不如說像蜥蜴，全身覆滿鐵灰色的羽毛，只有頭上長長的裝飾羽冠是朱紅色。牠還有一對青白色的眼珠，發出冰冷的寒光，嘴裡森森排列著利刃般的尖牙。

青兵衛驚呼一聲，渾身打顫：「那、那可不叫做雞啊！」

「是……是啊！誰想得到是這樣的生物啊……」萩乃也發著抖說。

無論怎麼看，眼前的生物跟溫馴都沾不上邊，一旦被牠發現，大概馬上就要遭殃。青兵衛綠色的身體嚇得更綠了，他轉頭望向萩乃：「該、該怎麼辦呢？」

「我看只有一個辦法……青兵衛，你去當誘餌！」萩乃命令。

「啥！」青兵衛驚叫。

「你在前面引誘龍雞，我趁機找到牠的巢穴，再把蛋抱出來。」萩乃說。

「小、小的可以跟您對調啊！」青兵衛哀求。

「不，跟我相比，還是你看起來好吃多了！」萩乃理所當然的說。

青兵衛一時語塞。

「你不用擔心，萬一發生什麼不測，我一定負責照顧你的妻小。」萩乃保證。

「不要啦！小的還想親眼看見家裡一群蝌蚪寶寶長出手腳啊！」青兵衛哀叫。

「那你就努力一點，逃過龍雞的魔爪！好了，趕快去呀！」萩乃催促道。青兵衛只好哭喪著臉，跳到龍雞面前。

龍雞一見到青兵衛，眼睛倏的燃起白色火焰，喉嚨發出飢渴的低嗚。

「哇哇哇！」青兵衛慘叫著撒腿便逃，龍雞立刻拔腳追過去。

聽著青兵衛的慘叫和龍雞的腳步聲遠去之後，萩乃才從樹蔭下溜出來。其實，她並不很擔心青兵衛。她知道青兵衛是個愛家的妖怪，應該不會留下妻小，就這麼輕易被吃掉吧！

不過，也不能一直讓青兵衛當誘餌，得趕緊找雞蛋才行。於是萩乃加快腳步，最後終於發現一個像巢穴的地方。

那個巢是用灰色石頭堆成的，裡頭有六個漆黑如墨的雞蛋。那些蛋比普通雞蛋大兩倍左右，沉甸甸的彷彿裝著金塊一般。

萩乃沒法多拿，就只撿了兩個，然後沿著來路往回走。接近倉庫門口的時候，她才回頭叫道：「青兵衛！青兵衛！快來呀！」

似乎是在回應萩乃的叫聲，只聽咚咚咚的聲響愈來愈近。忽然，青兵衛從樹叢裡跳了出來，緊接著，龍雞也出現了。牠張開血盆大口，緊追不捨，白色的眼睛閃閃發亮。

說時遲那時快，萩乃用力扔出手裡的一顆黑雞蛋。龍雞似乎嚇一跳，停住腳，轉頭看向被扔出去的雞蛋。主僕倆趁機奔出倉庫，再合力把門關上。

「青兵衛，你做得真好！」萩乃稱讚道。然而，青兵衛完全無法答話。他全身傷痕累累，衣服也破了，綠色的皮膚變成灰褐色。

喝完萩乃餵他的一葫蘆水，青兵衛好不容易才發出聲音：「我

再……再也不要跟龍雞捉迷藏了！還以爲死……死定了！」

「眞不愧是青兵衛，太英勇了！接下來，我們……」萩乃安慰道。

「您、您還有別的東西要找嗎？」青兵衛大驚。

「當然了！光是

果實跟雞蛋，怎麼能做藥膳鍋呢？」萩乃說。

「小的覺得……已經很夠啦！」青兵衛絕望的咕噥。可是，萩乃不理他，又往下一個目的地直奔而去。

3

萩乃和青兵衛來到大仙山。這裡是妖界著名的靈山，巨大的靈木群生，形成一片黑黝黝的森林。樹下長著許多菌菇，有大仙菇、赤靈芝、霧之菇和藥師菇等等，都是做仙藥的必備材料。想燉藥膳鍋，自然也得採一些。

主僕倆一路撥開草叢，察看樹洞和樹根，搜索岩石的隙縫。萩乃不習慣這種工作，找得很辛苦。青兵衛卻正好相反，只見他沿路採到

許多菌菇，不斷投進背上的竹籠。萩乃不禁佩服的說：「看來你可以採菌菇維生了呢！」

青兵衛笑著回答：「嘿嘿，那倒不錯。畢竟菌菇既不會追著小的跑，也不會衝上來咬小的一口啊！」

「你還在為剛才龍雞的事記恨呀？」萩乃說。

「咦，您說什麼？」青兵衛假裝聽不懂。

就在他們踏進森林深處的時候，忽然聽到嗡嗡的沉重拍翅聲。定睛一看，有一群像小孩手掌那麼大的蜜蜂，正在飛來飛去。那些蜜蜂看起來就很兇悍，萩乃和青兵衛不禁僵在原地。

終於，青兵衛小聲說：「那些是武者蜂啊！噓，不要動！萬一被螫到，可是會痛得像下地獄一樣喔！」

「武者蜂……我好像聽過。雖然很兇悍，牠們的蜜卻非常甜。」萩乃尋思道。

「呃……萩乃娘娘？」青兵衛臉色變了。

「既然有這麼多隻，想必牠們的蜂窩就在附近……啊，就是那個！」萩乃眼睛一亮。只見不遠處一根粗壯的樹枝上，垂掛著一個又圓又大的蜂窩。

「蜂蜜做的蜜果是公主最喜歡的，對孕婦也很滋補……真想要一點啊！青兵衛，你去採吧！」萩乃吩咐道。

「拜託您饒了小的吧！」青兵衛淚眼汪汪：「要是被牠們螫到，可是會慘得不能見人哪！」

「那你就不要被螫到，趕快逃呀！」萩乃毫不容情的說。青兵衛完全無法接口。

「沒關係，萬一你有什麼不測……」萩乃還沒說完，青兵衛忽然「哇——！」的一聲，大哭著衝出去了。他先伸手把蜂窩用力打下來，然後拼死命鑽進附近的樹叢裡。

雖然青兵衛手腳奇快，卻還是躲不過武者蜂的報復。牠們從摔破的蜂窩裡傾巢而出，像一團烏雲般追趕青兵衛。怒火中燒的蜂群，發出震耳的嗡嗡聲響，連躲在後頭的萩乃都忍不住發抖。

等蜂群飛遠後，萩乃才悄悄靠近地上的蜂窩。她把剩下的幾隻武者蜂趕走，伸手探進蜂窩中藏蜜的地方，一點一點的掏，約莫收集了兩碗的份量。

爲了不讓蜂蜜流出來，萩乃施了一點法術，當場把蜂蜜製成小小的丸子狀。當一顆顆金黃色的蜜果成形，她想到公主送進嘴裡的表情，忍不住微笑起來。

「對了……家裡的兩個寶貝兒子，也喜歡吃甜的呢！」萩乃想起右京和左京，總是笑著送她出門去照顧初音。但是，萩乃沒有那麼鈍，她知道在孩子們的眼底，藏著深深的寂寞。

想到這裡，萩乃不禁心痛起來：「還是……也給孩子們帶一點蜜果回去吧！」她打定主意，便把做好的蜜果分成兩袋，收進懷裡。

完事後，萩乃高聲叫喚：「青兵衛，我做好了！你可以回來啦！」

然而，無論叫了幾次，青兵衛都沒有回應。萩乃忍不住開始擔心，便循著青兵衛的氣味找過去。最後，來到距離森林很遠的一條河川下游。

那裡有個積水而成的小池塘，青兵衛就漂浮在水面上。只見他四腳朝天，露出白色的肚皮，全身被叮得又紅又腫。

「啊！青兵衛！」萩乃大叫，衝進水裡抱起青兵衛，幸好他還有呼吸。

「青兵衛，你太棒了！太勇敢了！」萩乃淚眼婆娑的呼喚青兵衛。

大約是聽到萩乃的聲音，青兵衛的喉嚨輕輕動了動，好像是在說：「那還用說，小的做到了！」

萩乃背著昏過去的青兵衛和竹籠，好不容易回到華蛇族的宮殿。

「唉呀！萩乃娘娘、青兵衛，這是怎麼回事？」青蛙僕從們驚呼。

「青兵衛被武者蜂螫傷了！趕快去請宗鐵醫生，快點！」萩乃急急吩咐。

「是、是！萩乃娘娘還好嗎？」有個青蛙問。

「我一點事也沒有……這都多虧了青兵衛啊！」萩乃說完，就把青兵衛託給僕從們，自己背著竹籠往廚房去。廚房裡頭，青兵衛的妻子紅蛙蘇芳，正忙著幹活。

「哦，萩乃娘娘！」蘇芳見到她，嚇了一跳。

「蘇芳，非常對不起，我讓青兵衛受苦了！」萩乃低下頭，把今天的遭遇簡短述說一遍。

沒想到蘇芳不但沒有生氣，反而對一臉歉意的萩乃笑道：「這不是萩乃娘娘的錯，是我老公辦事不牢啊！」

「可是……」萩乃還想道歉。

「沒關係，您別看青兵衛那個樣子，他其實堅強得很。就算被蜜蜂叮個一百次或兩百次，都不會輕易認輸的。待會兒得了空，我就去照看他。對了，萩乃娘娘找我有事嗎？」蘇芳鎮定的說。

「我眞是比不上妳呀……」萩乃低聲感嘆，把竹籠交給蘇芳，跟她說自己想學做藥膳鍋。

「我對烹飪實在是外行，不過，還是想給公主吃我親手做的料理。請妳教我做美味的火鍋好嗎？」她誠懇的問道。

「包在我身上！」蘇芳露出自信的微笑。

然後，她們就開始做藥膳鍋。萩乃遵照蘇芳的指導，雖然有點笨手笨腳，但還是很努力。

她先把捻虹樹的果皮一粒粒剝掉，再將果實泡在水裡去除澀味。趁著空檔，同時把採來的菌菇撕開，掰成一口大小，丟進大鍋裡煮。這道手工頗爲費時，最後才終於將菌菇全部下鍋。接著放進剛剛剝好的捻虹樹果實，蓋上鍋蓋一起燉煮。等到煮得差不多了，再加入大量味噌調味，藥膳鍋便完成了。

只見大鍋中冒出氤氳蒸氣，各種菌菇的香味四溢。萩乃試嘗一口，感覺味道溫淳，沁入脾胃，非常好吃。最後，只要在開始享用前打個龍雞蛋下去，就完美無缺了。

萩乃沒想到自己做得出這麼可口的東西，感動的對蘇芳說：「這樣公主一定也會說好吃吧？謝謝妳！蘇芳。」

「不、不，這沒什麼。」蘇芳笑著搖手：「雖然這麼說挺失禮，不過比起公主，萩乃娘娘可是學得又快又好喔！既然有好的開始，您今後也可以試著做菜，府上老爺和公子們一定會很高興吧！」

「這主意倒是不錯……不過，還是先把藥膳鍋送去給公主再說吧！」萩乃蓋上鍋蓋，正要端起來，卻見青兵衛走進廚房，他的身上塗滿紫色藥膏，活像一隻有綠色和紫色斑點的花青蛙。但大概是藥膏奏效，原本的腫塊小了很多，眼神也恢復活力了。

「青兵衛！」萩乃叫道。

「老公，你可以起來啦？」蘇芳也吃了一驚。

「已經沒事了，宗鐵醫生治得很好。」青兵衛慢條斯理的說。

「青兵衛……」萩乃哽咽了。青兵衛卻笑著說：「您怎麼啦？那一鍋是要送去給公主的嗎？那就快點動身吧！」

「你……要陪我去嗎？」萩乃遲疑的問。

「當然了！小的這隨從身分可是不會讓給別人的。既然都做到這地步了，當然要跟到最後啊！」青兵衛挺起胸膛。萩乃終於笑了出來：

「那我們走吧！」

「遵命！」於是，萩乃和青兵衛就向著初音居住的人間界出發了。

初音現在的住家是一幢小房子，比起華蛇族的宮殿，簡直就像珍珠和小石頭的差別。「為什麼我們的寶貝公主得住在這種地方呀？」這是萩乃經常掛在嘴邊的一句話，而今天也不例外。

「怎麼看都是個寒酸的家啊……還有，那個男人的氣味也在！」萩乃忍不住又發起牢騷。

「那是當然了，這裡也是久藏少爺的家啊！」青兵衛安撫道。

萩乃一聲不吭，皺著眉就要去敲門，忽然，屋子裡傳來初音的聲音：「好吃，太好吃了！久藏！」

萩乃有點吃驚，從門縫偷偷往裡頭窺探。只見初音端著碗坐在那兒，邊笑邊吃著什麼東西。久藏坐在一旁，微笑的看著她：「妳喜歡就好，那我就沒白費工夫了。」

「這是你做的呀？這麼好吃的粥？」初音驚喜的問。

「這有什麼啊？只是一鍋蛋花粥呀！誰都會做的……總之，妳有胃口眞是太好了！」久藏看上去感觸良多，輕輕搭著初音的肩膀，認眞的說：「讓妳害喜這麼久，眞是辛苦了！現在胃口終於好轉，應該盡情吃想吃的東西。妳想吃什麼儘管告訴我，只要是我找得到的，絕對會帶回來給妳。」

「那你下次可以再幫我做蛋花粥嗎？」初音問。
「只要妳喜歡，我每天都可以做啊！」久藏笑道。
「呵呵，太開心了！」初音幸福洋溢的吃粥，旁邊是溫柔看著她的久藏。小屋裡儼然是專屬於兩人的世界，充滿了不宜打擾的氣氛。
所以，萩乃沒有進去，而是悄悄退開。她將龍雞蛋和蜜果放進袋子裡，擱在門口，悄聲對青兵衛說：「回去吧！」
「咦，這樣好嗎？」青兵衛驚訝道。
「這樣就好。當著那種場面硬闖進去，我可沒那麼不識相啊！公主已經在吃她滿意的粥，那就夠了！」萩乃淡淡的說。
「那麼……這一鍋怎麼辦呢？」青兵衛小心的問。
「我們把它分掉吧！你我各一半。你帶回家給蘇芳跟孩子們吃，可以給他們補充營養。」萩乃乾脆的答道。

「那麼……小的就不客氣的收下了！」青兵衛十分高興。

於是，他們把鍋裡的藥膳湯分成兩份，主僕倆就各自回家了。道別時，萩乃誠心的說：「青兵衛，今天真是辛苦你了！」

「哪裡哪裡，今天小的過了好精采的一天哪……不過，希望不要再有下次了！」青兵衛苦笑著說。

「呵呵呵！」萩乃掩嘴而笑。

「那麼，小的就告辭了！」青兵衛行了個禮。

「路上小心，請代我向蘇芳道謝。」萩乃說。

「是！」青兵衛離開後，萩乃也轉過身。

是該回家的時候了。

那天晚上，飛黑和右京、左京回到家時，眞是嚇了一跳。只見萩乃安坐在家，地爐上熱著火鍋，鍋裡飄出誘人的香味，盈滿整個房間。

見他們父子三個呆呆站在那裡，萩乃笑著說：「都回來啦！晚餐已經好了，你們快去洗手，準備來吃飯吧！」

「太、太座大人……」飛黑不知該作何反應。

萩乃說：「我聽司風妖怪說，好像是有囚犯從冰牢逃出去了？沒關係，憑你的能力，一定會抓到逃獄犯的。現在不要急，先吃點東西，讓身體恢復元氣吧！還有……右京、左京，你們的眼睛怎麼腫腫的？是哭過嗎？」

「是、阿娘……」右京和左京接不上話。

「等會兒一邊吃一邊說吧！我今天也發生許多事，想說給你們聽呢！快來開動吧！」對著還在恍神的父子三個，萩乃溫柔的招手。

國家圖書館出版品預行編目（CIP）資料

妖怪托顧所.7, 妖怪奉行所大騷動/廣嶋玲子作；
Minoru繪；林宜和譯. -- 初版. -- 新北市 ： 步步出
版 ： 遠足文化事業股份有限公司發行, 2022.10
面； 公分
譯自：妖怪の子預かります.7
ISBN 978-626-7174-13-5(平裝)

861.596　　111015688

1BCI0024

妖怪托顧所 ❼：妖怪奉行所大騷動

作者｜廣嶋玲子
繪者｜ Minoru
譯者｜林宜和

步步出版
社長兼總編輯｜馮季眉
責任編輯｜徐子茹
美術設計｜蔚藍鯨

出版｜步步出版／遠足文化事業股份有限公司
發行｜遠足文化事業股份有限公司（讀書共和國出版集團）
地址｜ 231 新北市新店區民權路 108-2 號 9 樓
電話｜ (02)2218-1417　傳真｜ (02)8667-1065
客服信箱｜ service@bookrep.com.tw
網路書店｜ www.bookrep.com.tw
團體訂購請洽業務部｜ (02)2218-1417 分機 1124
法律顧問｜華洋法律事務所 蘇文生律師
印製｜通南彩色印刷有限公司
初版 1 刷｜ 2022 年 10 月　初版 6 刷｜ 2024 年 6 月
定價｜ 320 元
書號｜ 1BCI0024
ISBN ｜ 978-626-7174-13-5